空とぶかめ

三村雅司 全詩集

わたしは「かめちゃん」

走らへんから　かめ
走られへんから　かめ
走るのんいややから　かめ

ほんなら　ほおとれ

もしもわたしが
「うまちゃん」やったら

走らへんから　うま
走られへんから　うま
走るのんいややから　うま

ほんなら　ばさしや

（ほおとれ＝這ってなさい）

目次

第三章　甲羅をかついで

第一章

流れ者への恵み

流れ者への恵み

さいごの千円札でめしを食って
駅のベンチでリュックを抱いて寝た
苦しまぎれに歩きつづけては
血へどを吐くように詩を書いていた
帰るところはどこにもないのか
うたいながら狂っていくのか

こわがって　うめいて　はいずってきたけれど
気がつけば祈りのなかを歩いている
行き倒れるのかなあと言いながら
ひどくさびしいけど安らいでいる
天とよばれるわたしのふるさとから
なつかしい声がきこえてくるので
こたえるようにうたって生きている

流れ者であることはすさまじい恵みだ

信州の風の中で

彼岸花

しずかに暮れてゆく
彼岸花に
彼岸花のことばで
話しかけてみたい

（長野県戸隠《とがくし》村）

終列車

駅ごとにこおろぎに送られてどこまで

（身延線車中）

秋風のなかで

さらさら　さらさら
風のなか　リュックをおろし草の上
さらさら　さらさら
あかるい空から　あかい葉きいろい葉
さあ　風になるまで歩いていこう
吹くから風　歩くからわたし
さらさら　さらさら
風になった人たちの呼び声が吹きわたる
川は流れ　わたしは流れ
堂々として雪を待つ山脈《なみ》

（長野県坂北村）

崩れていく山のように

地滑り地帯の山が崩れていく
砂防ダム　崖にはセメントの吹きつけ
滑る斜面には鉄骨をぶちこむ
人間がいらいらと何をしようとも
山は着実に崩れていって
なだらかな土地に生まれかわるのだ

わたしも崩れていく
けれど　この胸に
コンクリートや鉄骨をぶちこんではならない
すさんでいく世界にうたいかけながら
やわらかく崩れ去っていこう

（長野県八坂村）

避難小屋

みんなは何してるだろローソクと向きあう

（南アルプス・熊ノ平小屋）

恋　文

太平洋の潮風の町に
好きな人が住んでいるから

初雪の南アルプスを越え
紅葉の大井川源流を下り
谷底に湧いた温泉にはいり
吊り橋を渡り山村を過ぎて
峠をいくつも登って下って
七日目に海に出た

この足どりがわたしの恋文

太平洋の潮風の町に
好きな人が結婚して住んでいる
海を見おろすみかん畑で
その人の赤ちゃんを抱きあげた

（伊那市から清水市へ）

歩かないわたしに

壁と天井に囲われた中では
時間がのっぺらぼうになる
こたつでまるまっているうちに
いのちがぶよぶよふやけてくる

それでもぬくもりをむさぼっているのだな

夜明け前の銀河の流れや
霜のかがやく道が恋しいなら
ふるえながら歩いていけよ

（伊那市）

月夜の道

冷たい月夜の道を
白い息をはいて歩いてきた
帰るところをさがしはじめて
あれから何度
満月をむかえただろう

月に照るこの地のうえに
ふるさとは見つからない

さびしい道は
冷えこんでいく

月夜の道はわたしの姿を
すきとおらせて見せつけてくれる

（長野県本城村）

吹雪

はげしい西風にのって
凍った世界を雪が流れ飛ぶ
風が乱れ
うろたえた粉雪が舞いあがる
灰色の空にそびえたケヤキは
太い枝ごと震えている
赤錆びたトタン屋根が
はがれそうにきしんでいる

吹雪は叫ぶ
狂気だといってわたしを締め出すな
こわがらないで
窓を
ひらいてみろ
荒れ狂う美しさがおまえには必要だ
しょぼくれた暮らしにいのちを吹きこむぞ

（長野県南箕輪村）

ランプ

ランプの炎を
じっと
見ていると

どこかに
こんな炎がゆらゆらと
かすかにひかりながら燃えているのを
さがしに出ようと思う

小屋の外は吹雪いているけれど

（長野県浪合村）

春の光

雪がとけてしたたって流れだす
土が香ってくる

光のなかにすわっていると
なつかしくてなみだがあふれる

（南箕輪村）

いぬふぐり

食べるものはなく
風は冷たくて
歩いても歩きつづけても
どこへ行きたいのかさえわからない

どうすることもできなくなって
枯れ草の土手にしゃがみこんだら
いぬふぐりの花が咲いている
青空のひとひらが降りてきたように

（丹沢山麓）

たんぽぽ

アスファルトを破って生えて
とぼけた顔して咲いたな

（松本市里山辺）

花の道

はこべの花や
たんぽぽの花が
いくつもいくつも道に咲いていて

村から村へ
人から　人へ
あたたかな風といっしょに歩いていく

（長野県泰阜《やすおか》村）

春　風

バスからおりて
裾野のひろがるおおきな山と
しっかり向きあうとき
からだに春風がふきこんでくる

（木曽御岳山）

登山口

ふもとの宿屋に立ち寄って
やさしいことばをもらって出かける

（木曽御岳山）

夕　闇

森の中が暗くなっていく
湯気のたつ飯盒《はんごう》をつつく

（木曽御岳山）

静　寂

きりきりと食いこんでくるような静寂だ

雪のうえに横たわり
寒さと　月光に
抱きしめられて眠る

（木曽御岳山）

けやきの木

鎮守の森の大きなけやきの
根もとにでっかいウロがある
好きな人とふたりいっしょに
すっぽり中にからだをおさめた

わたしたちも　けやきの木
人間であることをひととき忘れて
葉っぱで風を受けとめよう
根っこで土をしっかりと抱こう

（松本市）

雨

雨が空からわたしに落ちてくる
両手をひろげて雨を受けとめよう
たましいに降りしきる雨のひびきが
あふれでてあふれだしてうたとなる

（飯田市山本）

太陽の実

白く乾いた一本道
炎天の真下を歩いてきたら
伸びほうだいの桑の木があって
熟れきった実がすずなりじゃないか
むしり取ってむちゅうで食べる
これは太陽からの贈りもの
生きてろよという熱烈なメッセージだ

（南箕輪村）

なまける

草も刈らず
枝も打たず
小屋で寝っころがったまま
山林が滅びると言って嘆く

（長野県小谷《おたり》村）

木のとなりで

ざわざわと　こずえはゆれる
ざわざわと　思いもゆれる
そよそよと　木の葉はそよぐ
そよそよと　こころもそよぐ
すんなりと　木は立っている
けれど　わたしは

（浪合村）

ひぐらし

かなしきかな　かなしきかな　かなしきかな
長い夜がくるぞ

かなしきかな　かなしきかな　かなしきかな
死の灰がふるぞ

かなしきかな　かなしきかな　かなしきかな
原発とともにしあわせがくだけるぞ

叫びの声も　祈りの声も　暗闇に呑まれてゆく
それでもうたう　ひぐらしはうたう　ひぐらしのいのちを

かなしきかな　かなしきかな　かなしきかな
かなしきかな　かなしきかな　かなしきかな

（浜岡原発）

トラツグミ

夏の夜はふけて
どこか深い森の奥から
うたいかけてくれるトラツグミよ
なんてさびしく透きとおった声だろう
ひそかなやすらぎのあなたのうたごえが
この世にはないふるさとを思わせる

（浪合村）

星　空

うたい果てて立ちほうければ
星の光のなか

（飯田市山本）

おにぎり

ひとりで歩いてきて
つかれた足を草になげだし
星あかりにそっと光るおにぎりをいただきます

きりっきりっと　おにぎりをにぎって
送り出してくださったあなたに
ことばのおにぎりをにぎっては
うたいかけ　語りかけ　歩いています

だからこそ
とぼとぼ歩くこの道が
こんなにも明るいのです

（福岡県甘木市）

九州放浪日記

一九八六年

五島列島・福江島

日が暮れて、風が冷たく寒くなってきた。

福江の港の魚市のまえに、竹の釣竿をさげたおばさんたちが、ちらほらと集まってくる。みんな着ぶくれして、その上にかっぽう着をつけている。「おそかったなぁ」「父ちゃんがおそくってぇ」それであいさつはおしまいだ。低い岸壁に並んですわりこむ。

サビキの仕掛けをひょいと海に投げこみ、竿を二、三回上下させたかとおもうと、早くもかかった。小鯛の一種らしい小さいのがひらひらおどりあがる。手早く針からはずして、第二投。またすぐに釣れる。逃げられたら、あらぁと笑って、照れかくしにエイッと言って竿を振り出す。

それからは、なごやかな沈黙がつづく。波の音と、風の音。そして潮の香り。灯台や桟橋のあかりが水面にゆらめいている。

このような平和な暮らしは、風来坊のぼくには手の届かないところにあるのか。歩きながら人と結びつき、土地とつながって、そして食いつないでいける、そういう生活をしかしきっと創りだしたい。

こんなことを思うばかりで、目のまえの人に話しかけることすらできないでいる。今夜もひとりで野宿するんだな、このあたりのどこかで。

福江島

貝をたべる

波の声　なみあみだぶつ
何億年も　なみあみだぶつ

なぎさの貝をかち割ってたべるとき
潮騒がわたしをつらぬいてとどろく

南無阿弥陀佛
海よ　脈々たるいのちのふるさとよ

夜明けとともに歩きだす。

低い峠を越えて、三井楽《みいらく》湾の浜に出た。アワビを小さくしたような貝が岩にたくさんへばりついているので、石でたたいて殻を割って、中身を海水で洗って、なまのまま食べてみる。たいしておいしくないけれど、おなかがへっていたので、たまらなくありがたい。

それにしても、自然の中から自分の手でとることのできる食べものは、たったこれだけか。何かを生みだすこともできない、無能な手だ。無能だから破壊的になる。

この旅に出るまえは、信州で測量の助手をやっていた。田んぼをつぶして道路を拡げ、ダムを作って川を殺す、そういう「進歩」のための兵隊として、ポールを持ち、ナタをふるって、日当をもらって生きていた。自分のこころがいやだと叫ぶにもかかわらず。そして、そのお金の残りを使って今日もこうして旅行しているのだ。

さて、標高四百メートルほどの笹岳に登ってみる。水源を守れるような森林はほとんど見あたらない。

川は生活排水で汚れきっている。途中で水筒を置き忘れたので、のどがかわいて清水が恋しい。信州の小谷《おたり》村の植林地の、真夏でも手が痛くなるほど冷たい湧き水を思いだす。でもそこは廃村だ。そして屋久島の白谷雲水峡の奥深い森からごおごおと流れ出る、水ぎわまで岩にびっしりと苔のはえた川。土地のそんな豊かさをこわしていかないと、ぼくの生活も成り立たないというわけか。この世界にとって自分というのがとても悪い存在のように思えてしかたがない。

ヒッチハイクで福江に引き返す。乗せてくれたのは失業中の兄さんで、道路が改修されてから交通事故が増えたと言いつつ、きれいな道をぶっとばす。たいして大きくない島で、時速七十キロも出すことに何の意味があるのだろう。そう思いながら自分もちゃっかり助手席に座っているなんて！

福江から船で長崎へ向かう。甲板に出て、海と空との区別のつかない暗闇を見ている。

島原半島

だから今こそ

わたしがとぼとぼ通りかかると
道ばたの農家のおばさんが目をそらす
だれとも話せなくて歩いていく
庭先の犬に吠えたてられながら
世界が自分のものでなくなり
ただ道がずっとつづいている

だだっ広い干拓地のまっすぐな農道を
どこへ向かうのか　なんのためなのか
なにもわからなくて歩いていく
突っ走っていった車の土煙にむせながら
だから今こそ
やすらいでここに立ち止まろう

諫早の町はずれから、東に向かってどんどん歩く。干拓地の堤防の上や、堤防の内側にひろがる休耕田を。そして石垣をめぐらした古い家並みのひっそりした街道を。

楽しく歩く秘訣は、はやく歩こうと思わないことだ。いま、この場が充実していれば、「はやく」なんて気はおきない。

このあたりの旧街道は、山頭火さんが歩いていたころとあまり変わっていないのかもしれない。公衆電話さえ見あたらない。そのかわり、道ばたのあちこちにお地蔵さんや猿田彦がまつられている。漁村の魚くさい入り組んだ路地を、子どもたちのあそぶ声に送られて通り抜ける。クルマの突っ走る国道とちがって、この道の上には、人が歩くにぴったりのゆるやかな時が流れているようだ。

食堂に入ったら、おばあさんがひとりきりでやっていて、チャンポンと炊き込みごはんとで五百円でいいと言ってくれた。食べてから、安くしてくれたお礼にあんまをする。きゅうに雷雨になって停電した。うす暗い中でゆっくりおしゃべりする。おばあさんは長いあいだ大阪にいたので、こっちには友だちが少ないそうだ。元気な口ぶりのなかに寂しさがあふれている。泊まっていくようにとすすめてくれたけど、出発することに決めた。雨も止んだ。ごはん代を払おうとしたら、いらないよと言って、おばあさんは戸口まで出て見送ってくれた。

日暮れの道を多比良《たいら》まで歩き、有明海を渡るフェリーを待つあいだ、古びた銭湯に入る。おじいさんたちが湯ぶねのへりに腰をかけて何か話をしているが、そのことばがぼくにはほとんどわからない。

阿蘇山

登れない空を仰いで

あのいただきのすぐ先は天だ
このまま登りつづけるなら
がらんとした大空に
きっとすいこまれてしまうだろう

ほら
あんなにあかるい青空を
白装束の雲たちが
はるばると歩いてゆく

しかしわたしは雲よりも
地をはう生き物に近いらしい
土が両足をがっちりとつかまえて
軽やかに空へ登らせてはもらえない

立野から阿蘇山へ向かう。

送電線の巡視路のかんかん照りの坂道を登りつめるとドライブウェイに出た。ここが草千里。名まえのとおりたしかに広い。しかしその広さに比べても駐車場があまりに大きい。中岳のほうを見ても、ロープウェイの乗り場のまわりは観光バスや色とりどりのクルマでいっぱいだ。

車道に並行して付けられた遊歩道がアスファルトで舗装されている。山に来てさえ土の上を歩けないのか。けれどもみんなはその歩行者通路を手をつないだりして楽しそうに歩いているのだ。

ロープウェイの乗り場から、修学旅行の生徒たちがぞろぞろ通る道を避けて、数年前に噴火したときのものらしい熔岩の上を登っていく。ところどころ草がわずかに生えはじめている。

すぐに中岳の火口に着いた。火口の内側はほとんど垂直に切れ落ちていて、吠えるような赤茶色や死を思わせる灰色をしている。足もとが崩れないように気をつけながらのぞきこんでみるが、噴気や噴煙がすごく、火口の底まではとても見えない。火口のへりを伝って行こうとしたが、危険なので外側へ大きく迂回する。

台地状のところへ登りきると、コンクリートの廃墟が目のまえに現れた。仙酔峡からのロープウェイの駅だ。おそるおそる中に入ってみる。ガラスがほとんど砕け、壁は落ちて、火山灰にまみれた案内板が天井からだらりとぶら下がっている。

荒れほうだいの遊歩道をたどって最高峰の高岳をめざす。噴火のときに逃げ込むためのコンクリート造りのシェルターがいくつかあって、どれも火山弾に傷めつけられている。

火口に登りついたとたん、噴気に襲われた。中毒死はごめんだ。それ、引き返すぞ。石のごろごろした急な道を仙酔峡までひと息に下りきった。

仙酔峡でお年寄りのグループが記念写真をとろうとしていたので、シャッターを押してあげたら、ふもとの宮地までワゴン車に便乗させてくれた。

さて、これから大分へ向かうのだが、汽車に乗ったら所持金を使い果たしてしまう。ヒッチハイクをする気にはならない。日が暮れたけど、行けるところまで行ってみよう。

国道をしばらく歩いて、阿蘇の外輪山への登りにさしかかる。旧道らしい道が右に分かれているので、その暗い道へためらわずに踏みこむ。車道はすぐに終わり、真っ暗な山道が細々と続いている。ヘッドランプをつけて、夜露に足をぬらしながら登っていく。

峠のあたりで国道に出合うだろうと思ったのに、豊肥線の線路で道が終わってしまった。すぐ前にトンネルがぱっくり口をあけていて、その中から一両きりの気動車が走り出てきた。トンネルの長さは二キロあまりだ。ほかに道はない。こいつを抜けてしまおう。待避所をたしかめながら足早で歩いて、無事に通り抜けることができた。

すぐに波野駅に着いて、無人の待合室を宿にする。

熊本・大分県境

この波野駅は、九州の国鉄でいちばん標高の高いところにある。まともな寝袋がないので、寒さで目が覚めて眠れなくなってしまった。体操をしたり飛びはねたりしてみるが、それでも寒い。

星空の下を歩きだす。天の川が頭上を流れ、オリオンがはげしくまたたいている。この星の位置ならたぶん二時頃だろう。

寒いおかげで眠気はすぐに消えた。脇道へ入って畑に迷いこんで引き返したり、四つ辻にぽつんと灯された裸電球の下で地図を開いたりしながら、夜明け前の道を歩いていく。自動車がたった一台、幻のように通り過ぎていった。

しずかになった心がそっと自分自身と話をしている。闇のなかで一番鶏が鳴いた。

やがて、東の空がやわらかな赤色に染まり、まわりにひろがる野菜畑が見えてきた。こんなに広いところを歩いていたのか。野菜畑のはるかむこうに、左手には九重《くじゅう》連山、右手には祖母・傾きの山々がおおらかに連なっている。はじめて来たところとは思えない。夜をくぐりぬけて歩いてくると、ごくあたりまえの朝の姿がこんなにも美しく見えるのか。

ずっと遠くの山なみの上に、今日の太陽が昇った。

青い空とトンボ

川を渡る

とぎれそうな道を歩いてきたら
清らかな流れにでた
川のむこうにも
土の道がひっそりと木と草のなかへつづいている

はだしになって
川を渡ろう

ていねいに川底の石を踏み
冷たい流れをゆっくりと横切る
川は笑って足をくすぐって
くるりと振り返ってしぶきをあげていく

（北海道日高町）

出会うところ

ひろい土地から川が流れてきて
おおきな海と出会うところ

そこにちいさな町があって
おばさんがひとり
絵本をあつめて図書館をつくった

何年ぶりかでまたここに来て
話し込むうちに夜になり
図書館のソファーに寝かせてもらって
あくる日に本を借りに来た保母さんが
わたしの詩集を買ってくれて

そう　ここは
ひろい土地を流れてきた人と
おおきな海を見て暮らす人とが
ふっと出会って
よろこびあうところ

（北海道日高門別）

雲

リュックをかついて教会へ行ったら
牧師さんが話をしてくれた

むかしイスラエルの人たちは
砂漠を旅して暮らしていた
神さまの雲に守られて
雲の行くところにしたがって歩き
雲が止まったらそこにテントを張り
雲が動きだすとすぐ出発したそうだ

わたしのうえにも
そんな雲をたしかに感じる

けれどわたしの雲は
寂しいところへばかり行く
わたしひとりをつれて行く
ここは居心地のいい土地なのに
雲がまた動こうとしている

リュックに荷物を詰めなおして教会を出る

（日高門別）

青い空とトンボ

牧草地のひろがる広いところに
ひややかな風が吹いていて
ほんとにたくさんのトンボが
きらきらと
青い空に舞っている

トンボたちのうたごえがきこえてきて
わたしも空にうかんでいる
こんな感じは
死んでいく時が来たのだろうか

ここまで
たくさん歩いてきたなあ

あかるくて
ひろいひろいところだ

（日高門別）

ネパールの旅

さらららと川のように

わたしたちのいのちは
きよらかな水
わたしたちのいのちは
きよらかな水

さらららと
川のように流れて
さらら
さらららと
川のように流れて
さらら

（ネパール民謡・三村雅司訳）

合流点

山をたたき割ったような谷底を
みどり色の深い河が流れている
この谷を下ってきたわたしのまえに
もう一本の河が現れた
ふたつの流れはおごそかにひとつとなり
さらに谷をぐんぐん下っていく

道もここで河と交わる
大荷物をかついだ人たちと
丸木の舟で渡してもらおう
黙々と流れる河を横切って
対岸の白い砂にへさきが届いた

そのとき河はわたしに流れ込み
うるおしながら谷を刻みはじめた

（ウンプ村からカタリへの道）

寂しい寺

さびれた町の小高いところに
寺があって古くて無気味だ

うす暗い中に彫りものが置いてある
ここにカミサマが住んでるというのか
いるなら声を聞かせてみせろ

苦しみ生きている人たちに囲まれて
おまえはいったい何を語るのだ
それともこのまま朽ちはててしまうのか

（キルティプル）

月光の村

ネパールのことばでは
月の光が「たはたは」と降るという
このなつかしい村に来てみれば
月あかりがほんとうに　たはたはと降りそそぐ

みごとな満月が光を投げかける
月に照らされて山なみがうかびあがる
こころの谷底によこたわる暗闇を
光の河が洗って流れてゆく

明るい庭先に集まって
はだしになって踊って歌う
月光の流れを泳いでいるようだ
夜がふけて月は天の真上にある

（アクラン村）

関西で町に住みながら

どぶ川を泳ぐ魚に

ぬめぬめ汚いどぶ川に
わたしのような魚が住んでいる

魚よ
どこへ向かって泳いでいく
さかのぼっても　町工場の排水管
下ったところで　ヘドロの大阪湾
逃げだすことのできない世界を
くる日もくる日も黙って泳いで
死んでいくのをどうやって耐えるのだ
澄みきった救いの流れがほしくて
ほしくてほしくて狂おしくならないか

（兵庫県尼崎市）

人を思う

雨の音がきこえる

熱があって
意識がうすれているけれど
ひとりの人に　たいせつに　たいせつに
うたいかけている

雨の音がうつくしくきこえる

（尼崎市）

夕　立

黒雲のかたまりが空を走ってきて
大きな雨つぶがからからから降ってきた

ぼくらもからから笑いながら
夕立のなかを走っていく

（京都市桃山）

食べるということを

その日の食べものをこの手にいただき
なみだとともにいのちをほおばった
あのころの自分を覚えているか

ひとの残しためしをもらっては
海辺の貝を石でくだいては
食べるひと口ひと口が
かぎりなくかなしくて
かぎりなくうれしかった

あのころと同じこの手で　いま
自分で食べ残したものを
生ごみとしてポリバケツに捨てている

食べるためのかなしさと
食べて生きるよろこびさえも
ごみといっしょに投げ捨ててしまうのか
こんな生きかたが豊かだと思うのか

（京都市桃山）

クモ

朝日のなかにクモが巣を張る
張ったばかりの糸が光る

クモは足で光をあやつって
かすかな風にゆれている

（奈良県生駒山）

道にねころんで

道にねころんで
星空をみる

風が涼しくて
道のあたたかさが背なかにここちよい

星をみながらねころんでいると
時もねころんでいるようだ

（奈良県須川）

目覚め

山の中の小川とならんで
ぐっすり眠って朝をむかえたら
きのうまで苦しかったたくさんのことが
すっかりおだやかになっていておどろいた

（大阪府交野《かたの》市私市《きさいち》）

川のうたごえ

小さな川がうたっている
よい声だ
川のうたごえで顔を洗って
うたう水をすくって飲んだ

（交野市私市）

人ごみ

人ごみのなかで
わたしのいのちが　ごみとなる
まわりの人をごみにしてしまう

地下街でもみくちゃにされながら
呼吸がほとんどできなくなって
しかし
わたしは
ごみではない
断じて
ごみでは
ないぞ……

このとき　もし
ひとりの人が手をとってくれていなかったなら
わたしはほんとうにごみくずになっていただろう

（大阪梅田）

川と夕暮れ

川も
おおきいなあ
夕やけの
空もおおきいなあ

こんなあどけないことばをかわしながら
堤防にすわっている
そよ風がふいている

（大阪市淀川）

ゆうぐれの大空

ゆうやけの空から
ひこうきがおりてくる
六甲山のシルエットのうえに
生まれたての細い月
空の下は
どうしようもない都会の風景だ

ひこうきという金属のかたまりでさえ
大空にうかんだら美しくみえる
わたしだって
空にうかんでいる気もちで暮らそう

美しさとはほど遠いこの町とわたしを
ゆうぐれの大空が
卵を抱くようにつつんでくれている

（大阪府豊中市）

巡礼のいこい

都会の駅前だろうとも
芝生にすわり大空をあおぐ
白い雲がうつくしく流れてゆく

排気ガスと騒音のなか
晩秋の日ざしをやわらかに羽織って
吹きわたる風の音色を聞いている

（阪急吹田《すいた》駅前）

カラスとわたし

カラスが鳴いている
晴れわたった大きな空の
あっちこっちでほがらかに鳴いている

その明るい空の下を
わたしはうつむいて
うたいもせずに歩いていたなんて

（神戸市六甲山）

冬の日だまり

峠の道に腰をおろして
つもった枯れ葉をかきまわしてみたら
乾いた音がかろやかに鳴って
光ととけあってひろがっていった

（六甲山）

ふきのとう

ふきのとうだ
ここにもあそこにも
春のいきおいをせいいっぱいあつめて
土のうえにぐいて出てきた

よし　おまえをつみとって食べよう
このにがい野生のちからよ
よわいわたしにきっとやどれ

（六甲山）

裏山の川

大都会の裏に流れる
汚染された谷川の水を
そっと口にふくんでみると
いとおしく悲しくて
そのまま飲みこんでしまった

川よ　きみだって
病を背負いこみながら
流れくだってゆくのだな
幸福行進曲（マーチ）の鳴りひびく
脂ぎった時代の陰を

（六甲山）

海

病みあがりのだるいからだに
潮風を送りこめばきっと元気になる
そう思って海に来てみたら
海はどどおんと
どどおんと言いながら
ひろびろとして待ってくれていた

（神戸市塩屋）

潮風と月

息をするのも苦しくなったから
海へ逃げてきた

冬の風をいっぱい受けて
浜をどんどん歩いていって
すっかり日が暮れた

海のひろがりにむかって立ちどまる
満月がのぼってくる

深く呼吸をするたびに
かろやかになったからだのすみずみへ
潮の香りと月あかりの波が
しみわたっていく

（神戸市須磨浦）

うみがめ

まっくらな
砂浜に
おおきな黒いうみがめが
たまごを産みにあがって来た

うしろ足で砂をはねて
穴を掘っている
掘っている

しゅぱぉーっ
海の底から吹き上げてきたような息づかい
せつなく激しく迫ってくる存在感
いのちがいのちを産もうとしている
ふるえながらわたしは見守る

産んだぞ
白いたまごがぽろっぽろんと穴に
生み落とされていく

しゅぱぉーっ
そして海へ帰ってゆくのだな

おおきな海をめぐってきた仲間よ
たまらないほどなつかしいのだ
おまえを見ていると
自分の生まれるまえのことを
はるかに思い出すようで

（徳島県日和佐町）

かめ

わたしは
かめ

わたしの海は
深くて
暗くて
こわいけれど

わたしは
かめ

わたしの生きているこの海にもぐって
闇のなかからことばをさぐってくる

（タイ・バンコク）

はじめての沖縄

星の浜辺

夕日の砂浜にねそべっていると
いよいよ風がはげしくなってきた
ごろ寝の野宿はきびしいぞ
どうしようかと思ったそのとき
板きれとビニールシートが打ち寄せられている
さあこれで小屋をかけるんだ
忘れていた旅の軽やかさが戻ってきた
からだひとつで安らいで眠ろう

真夜中にふと起きて外に出てみたら
満天の星が降りかかってくる
星空にわたしがすいこまれて落ちていく
そして宇宙の星の浜辺に
このいのちがある

（沖縄県渡名喜島《となき》）

海に面したあかるい村で

おじいさんが草を刈っている
こんにちはと声をかけあう
通りすぎようとしたわたしにむかって
草のにおいが手をふっている
目のまえには海が
あかるくひろがっている
もしもここを歩き過ぎたら
行く先はさびしくて虚ろになるだろう

それから何日もこの土地にいて
おだやかな朝がきておだやかに暮れていった
結び織りをやっている人たちと仲間になり
ちいさなふたごの女の子や
車いすの兄さんと友だちになった
あたたかい日には
ひとりで海に浮かんであそんだ

目のまえにひろがるあかるい海を
毎日ながめていたら
こころのなかにも海がひろがって
波の音がやさしくきこえてくる

（名護《なご》市瀬嵩《せだけ》）

赤い花

空は青く
海も青く
とてもしずかな昼さがり
赤い花がひそかにうめく

花となってこの世界に
咲きいでて　悲しい

花の上の低い空を
米軍のどす黒い飛行機が飛ぶ

（瀬嵩）

ふつうの人

基地の中に露店が並んで
おおぜいの人でとてもにぎやかだ
へたな英語とへたな日本語で
値切って笑って冗談を言いあって
売り手は兵隊と兵隊の嫁さん
けれど今はふつうの人
買い手は基地の外から来た
もちろんふつうの人

しかしいつか
こんなふつうのわたしたちが
みんな殺されてしまうのか
そうでないなら
この基地はいったい何のためにある

（沖縄市・キャンプシールズ）

梅雨明けの踊り

乾いた風が雲を吹き飛ばし
青い空が出た
みるみるひろがった青空のただなかで
太陽は強く生まれ変わった

草が踊る　ヤシの木が踊る　犬っころが踊る
空の下の何もかもが光のなかで踊っている
そうだ　踊れ　踊れ　踊れ！
サトウキビの畑でセミが叫んでいる

ただひとつだけ踊っていないのは
入り江のすぐ先の米軍の弾薬庫だ

（瀬嵩）

沖縄慰霊の日

押しつぶされそうに苦しくて
もうろうとなって寝込んでいたとき
戦争で殺されたおびただしい霊が
語りかけてきた

おまえは沖縄と向きあわないで
ここちよく暮らそうと願っていただろう
けれどもほんとうにここちよく暮らすには
おぞましい事実をしっかり知れよ
殺しあうための基地をなくして
殺す必要のない生きかたをしろ
そうしてわれわれを慰めてくれと

苦しみの霊たちよ
悲しみの霊たちよ
このように教えてくれてありがとう
だからこそわたしはいのちをうたうのだ

（1994・6・23　瀬嵩）

せみしぐれの山から

深みどりの木の生い茂る山に
せみしぐれが降りしきる
雪のように　滝のように
いま生きていることのよろこびが降りしきる

襲いかかってくるようなせみしぐれを浴びながら
青い海のほうへ山を下っていく

（瀬嵩）

朝

朝が
海のむこうから
ひたひたと波のうえをあそびながら
わたしのところに来てくれた

（瀬嵩）

ことば

夜明け前
あたりは　しずかだ
ことばがみずから語りだすときを
じっと待っている

外から見れば
わたしは病気なのだろう

朝がきて
午後になり
こうして何日も何日も待って
胸にうごめいていたものたちが出てゆき
こころががらんとからっぽになったとき

やすらかなことばがやって来る
すきとおった声が近づいてくる
わたしではなく
ことばみずからが
語ろうとしてこの時を待っていたのだから

聴こう
そして癒やされていく

（瀬嵩）

海の音

暮れていく
海

すっかり潮のひいた砂浜で
ひろびろと
海にむかってうたおうとしたとき
海の音のうつくしさがよせてきて
聴きいって何もうたえなくなった

（瀬嵩）

わたしの海

水平線に三日月をのせて
うちよせてくる　海
うちよせてくる　海
えたいも知れず
夜にむかってひろがっている
わたしの　海

（名護市）

夜ふけの波の音

波の音が
きこえてくる
夜風にのって
ひそやかにきこえてくる
波の生まれるはるかなところから
呼びかけてくれている声がきこえる

（瀬嵩）

平和な入り江の奥に

真夏の川

土手で夏草が叫んでいる
あおい穂をつけた稲からは指笛のような鋭い声がする
ぎらりと覆いかぶさる青い空
ちいさな川が涸れかかっている
かろうじて残った流れで魚がはねる
この川が涸れたら風景は火を吹くぞ

（和歌山県由良町）

あさがおと雑草

草をむしっていたら
あさがおと雑草がいっしょに生えていた
あさがおだけを残しておこう
天に向かって伸びて咲けよ

そうやって草をより分けた手に
雑草のにおいと青い汁が
せつなく染みついている

地を這って生きる雑草とともに
宿なしの自分の生きかたをも引き抜いて
やすらかな暮らしを始めようとしている

けれど雑草の根は土に食い込んで
かならず生き延びているだろう

（由良町）

長距離トラック

夜中に国道の橋の上を
トラックが走りすぎていく
車のあかりが
峠のほうへ消えていく

あんな長距離トラックに乗せてもらって
助手席から暗い景色をながめていたころの
苦しかった　わたしの姿が
闇のなかにふと見えた気がした

（由良町）

海に浮かぶ

あおむけになって
ちからをぬいて
海にからだをゆだねれば
らくに浮かぶ

海に浮かんだら
太陽がすぐ近くにある

（由良町）

大きな手

ひろい　ひろい　浜に
大波がもりあがって打ち寄せてくる
ごろごろと石を巻き込んで引いていく

波をとどろかせる大きな手が
ふたりをがっしり受けとめてくれていて
その手のなかで抱きあっている

（和歌山県美浜町）

平和な入り江の奥に

澄みきった空から西陽《び》が降ってくる
海へ夕やけを見に行こう

外海のほうの空のうえに
かがやく雲がちりばめられている
入り江のなかはすっかり凪いでいて
岸につながれた漁船の横っ腹で
かすかな波がちゃぷちゃぷ言っている

空が　しずかに夜へと移っていく
海も　しずかに夜へと移っていく
紺色の空に月が照っている

こんな平和な入り江の奥に
自衛隊が駐屯していて
そこへ
「潜水艦」という
殺しあいの道具が入ってきた

（由良町）

いつものように

わたしはいつものように
教会で讃美歌をうたっていた
いつものようにごはんを食べて
新妻とふたりで釣りをしていた
そしたら

この海のむこうのほうで
核兵器が爆発した

地球を爆破する実験を
わたしはやらせてしまったのだ
いつものように讃美歌をうたって
ごはんを食べて釣りをしているまに

（由良町）

がりがりと

がりがりと
巨大な機械が
生きている山を
えぐり取り

がりがりと
大地を砕いて土砂に変えて
ベルトコンベヤで船にぶちこんで
売りとばしてしまう

がりがりと
恐ろしい時代が来て
生きているわたしをえぐり取り
肉きれにして売りとばしてしまう

（和歌山県日高町）

風邪でなくてよかった

苦しくてたまらなくなって
精神科へ行った

日頃お世話になっている教会の長老に話したら
「ああ　風邪でなくてよかった」
そう心から言われた
いったいなぜ　そんなことばがでてくるのだろう
牧師さんもこの苦しみをすこしもわかってくれない

それ以来　由良教会へは行けなくなった

（由良町）

このへんに銭湯はありませんか

一九九二年

フグたちだって、ひたすら生きてる

フグの群れが波打ち際を泳いでいる。次から次へと群れがやって来て、みんな同じ方向へ泳いでいく。どうしたんだろう。いったいどこへ行くんだろう。ついて行ってみようか。

岩場に囲まれた波の静かな砂地のところに、おびただしい数のフグがひしめきあっている。ぼくが近づいても逃げようとしない。

産卵だ。卵と精子とで、海が、波が、そこらじゅう白く濁っている。力尽きたフグが浜に打ち上げられて口をぱくぱくさせている。こんな小さなフグたちの、生命を生みだす迫力にぼくは圧倒されて、心臓がどきどき鳴って、この場から動けない。

いのち……。

海も空も、おどろくほど明るくて青い。この世界にもっと生きていたい。ルンペンをやっていたら、からだが鍛えられるどころか、消耗して弱くなってしまった。からだのぐあいがわるいと、いのちの重みをいっそう切実に感じるようになる。太陽が照りつけてくると、からだじゅうが喜びだす。潮風を吸っていると、偉大な海に癒やしてもらっているのをはっきりと感じる。

だから、どうしても海の近くに住みたい。そう思って、どこか住めるところはないかと、こうしてあちこち歩きまわってきた。和歌山県の海岸はすでに一度歩いた。四国へも、瀬戸内海のいろんな島へも行ってみた。けれど見つからない。空き家はあっても、見ず知らずのぼくなんかに貸してくれる人はいない。これから歩いていく先にも、知った人など一人もいない。もはや自分の力ではどうすることもできない。

フグたちにはこの海が与えられている。この海で育ち、この海で卵を産んで、この海で死んでいく。フグたちだって、ひたすら生きてるじゃないか。フグがごちゃごちゃ悩んだりするか。産卵するときには、力尽きて死ぬことなど考えもせず、ただ一心に卵を産むのだろう。

ぼくには今、何があるか。歩くということだけだ。それ以外のことは、何もわからない。

さて、歩こうか。

梅雨入り前の、ほんとうにすばらしい天気だ。岩場をつたって岬をまわって、しばらくして道路に出た。舗装はされているけれど、車はあまり通らない。潮風を受けながら歩いていると、まったく気持ちがいい。このままずっと歩いていてもいいように思えてくる。

このへんに銭湯はありませんか

峠を越えて由良町に入って最初の集落に、教会の伝道集会のポスターがはってあった。集会はちょうど今晩だ。電話番号をメモし終わったところへ、日に数本しかないバスが、ぴたりと来た。とっさに乗り込む。

紀伊由良の駅前でバスを降りて、由良教会に行ってみる。いなか町の、ほんの小さな教会だ。ふらりと現れたぼくを教会の人たちは歓迎してくれた。今日は日曜じゃないから、教会へ行くことなど自分では考えてもいなかった。

集会が始まるまでに時間がある。ひさしぶりに風呂に入りたい。ぶしつけに「このへんに銭湯はありませんか」と聞いたら、わざわざ風呂屋に電話をして休みでないことをたしかめてから、道をていねいに教えてくれた。

湯あがりにすこし散歩してみる。夕暮れだ。舟だまりの上に赤い橋がかかっている。そのむこうには造船所のドックがあって、大きな船が入っている。海は深く入り組んでいて、入り江のいちばん奥にこの町がある。低い山に囲まれていて、なんとなくほっとするようなところだ。よそ者に探りを入れるような視線がこの土地にはない。

この日の集会で、ふしぎな何かがぼくのなかに入り込んだ。つかもう、つかもうと捜しまわってきた何かに、ひょっこり出会えたような感じがする。その「何か」をむりにことばにすれば、やすらかさと言えるだろう。

保証人になってあげますよ

銭湯へ行く道を教えてくれたNさんという人が、ぼくに言ってくれた。この由良が気に入ったなら、住んだらいいよ。アパートがひとつ空いてるそうだから、もし借りるなら保証人になってあげますよ。

このことばがいつか与えられるのを待ち望みながら、しかし具体的なアテはまったくないまま歩いてきたんだ。それが今、こちらからお願いしたわけでもないのに、そう言ってくれたのだ。迷うことなどない。ここに住ませてもらおう。

まえに歩いたときには、この由良だけは素通りしていた。造船所があるのを知っていて、もっと静かなところがいいと考えたからだ。「自分の考え」なんて、そんなものだ。

でも、いったいどうしてNさんは、こんな見ず知らずのぼくなんかの保証人になってくださるのだろうか。教会は、いわゆる善男善女の集うところではない。むしろ問題をかかえて苦しんでいる人のためにあると言っていい。ぼくだって、借金に追われて逃げてきているのかもしれないのに、Nさん夫婦はそんなことをまるで疑おうともしない。無条件に信じてくれているのだ。

Nさんの紹介ということで、大家さんは礼金を免除してくれた。こうして海辺の小さな町で、日当たりのいいアパートに住めるようになった。

ゼロはすがすがしく軽やかだ

住むところは決まったが、どうやって生活していこうか。尼崎の実家に帰って、ぼくの幼稚園のときの先生と話をしていたら、「さをり」という織りをやっているところを教えてくれた。

そこへ行ってみると、厚見伊智郎さんの個展をやっていた。これは布地なんてものではない。ひとつひとつの作品が、胸ぐらにつかみかかってくるような勢いで、それぞれのせりふを叫んでいるではないか。

ぼくもこんなのを織りたい。そうだ、織ろう。すぐにこの「さをりひろば」で三日間の講習を受けて、織り機を注文して由良に送ってもらった。

由良に引っ越して来て、織りまくった。織って売れたら食っていける。けれどだれも買ってくれない。ぼくが織ったものは叫んでいないのか。うたってもいないのか。

このままでは家賃も払えない。どうしよう。

いいことを思い出した。松本で学生のフリをしていたころ、学生食堂で食べ残しを捨てに来るところに待ち構えていて、「それ食べさせてください」と言って、もらって食べていたことがあった。ところがある日、恥ずかしくて残飯をもらえなくなってしまった。そこで相談にのってくれた人の答えはこうだ。きみは今、金を持ってるだろう。だから恥ずかしいんだ。それをぜんぶ俺によこしなさい。そう言ってその人は、ぼくの所持金約二千円を、難民を援助するために寄付してしまった。するとたしかにすっきりして、恥ずかしさは消えた。

こんどもこの手だ。次の日曜日、持っていた金を残らず教会の献金袋に放りこんだ。スカッとした。このことを知っているのは神さまだけだ。ゼロというのは、すがすがしく、とても軽やかなものだ。生きていることがこんなに単純で明るいなんて、知らなかったのか、忘れていたのか。しばらくこのまま一文無しでいるのも悪くないなあ。

ところが、それからすぐ、織ったものが売れはじめた。家賃を払って、米を買って、結局少しも困らなかった。

Nさんがやっているシロアリ退治の仕事を手伝うようになって、経済的にも楽になった。夕方には自転車で海のきれいなほうへ行って、夕日が水平線に沈むのをながめる。親がときどき泊まりがけで来てくれて、母ちゃんはのんびり寝て父ちゃんはごきげんで釣りをして、楽しんでくれるのがうれしい。まわりの人とも気持ちいい関係ができた。

何の不自由もない毎日だ。苦しみを忘れてしまったら、作品と呼べるような詩がひとつも生まれてこない。

さをりをひとりで織っていても、たいしたものはできない。「知的障害」と呼ばれる人といっしょにやりたい。そんな願いが心に生まれた。ただそう願っていただけなのに、そのものズバリの話が大阪から舞い込んできた。

由良には八カ月居ただけで、また出発することになった。

雪と光

一九九三年末〜九四年正月

つがる工房

真っ白な津軽平野にクリスマスの光が降りそそいでいる。青空の中に岩木山が悠然と座っている。この季節にこんな天気はめずらしいそうだ。青森県五所川原。講習会の会場の「つがる工房」の門のところには、「さをり教室」と大きく書いたノボリがそよ風にゆられている。

朝からどんどん人がやってくる。見学者も多くて、ぼく一人では指導するのに手がたりない。それでいて、どこかのんびりしている。つがる工房のメンバーの男の子が、耳の聞こえない年配の女の人にやさしく堂々と教えている。

織っていて疲れたら、それぞれ好きなときにお茶を飲んでひと休みする。こんなやわらかな雰囲気のなかでこそ、だれもが安心してのびやかに織れる。

機械は機械的に織るけれど、人は人らしく織るのがいい。雲が流れるように織れたらいいなあ。きちっと長方形になってやろうなんて、雲は考えない。でたらめに形を変えていくようでいて、雲はいつも美しい。人の心もそんなふうだ。だからそのように織ってみよう。

仲のわるかったお嫁さんと姑さんとがいっしょに講習を受けに来て、いっしょに織っているうちにすっかり仲が良くなったと打ち明けてくれた。人のつながりも織れていく。

こうした場づくりをされたKさんの努力と人柄にほんとうに頭が下がる。Kさんは養護学校を退職して、退職金をつぎこんで、この「つがる工房」という知的障害の人の作業所を開いた。

二カ月ほどまえ、大阪の「さをりひろば」へ受講しに来たKさんは、到着するなりタイ料理を食べさせられた。魚の鯛ではなく、タイの国の料理で、辛すぎて残してしまった。その残りをぼくが食べて、そのせいかKさんとぼくとは親子みたいになった。そして青森へあそびにおいでと誘ってくれたのが、いつのまにやら話が発展して、四日間の講習会になっていた。だから主催者と講師なんて関係ではなく、ほんとうに心からぼくを迎え入れてくださった。

十年くらいまえのこと、ぼくが乗り物に乗らずに放浪していたとき、ちょうどこのあたりのリンゴ畑の道で、知らないおばさんがいきなり追いかけてきて、あなたお坊さんでしょうと言う。ちがいますと答えても、でもほんとはお坊さんなんでしょ、私わかるんだからと強引に言って、食べものをどっさりくれたことがあった。

そのおばさんの姿がKさんとかさなって浮かんでくる。

山の宿

Kさんの息子さんが青森駅まで送ってくれた。

青森の駅前に立つと、思い出がよみがえってくる。

ぼくは好きな人と別れて、部屋を引き払って、苦しまぎれに歩きまわっていていた。ふつうの人と共感できなくなり、日常の世界を自分のことと感じ取れなくなってきた。

精神的にまいってくると、寒さに耐える力も弱くなる。

十一月に旭川のあたりの無人駅のベンチで寝ていて、このまま凍え死んでいくのかな、それでもいいやと思った。そのとき、うつろな心に強烈な声が聞こえた。

死ぬな。おまえは生きろ。盛岡へ行って生きのびろ!

声に従って盛岡へ向かう。連絡線で青森に着いたのは夜だった。雪の降りしきるなかに屋台が並んでいて、加藤登紀子さんの歌が流れてきた。リュックをかついだまま泣きながらうろついて、疲れきって、やはり駅の待合室で寝た。

そして翌日、どうしても寂しいから、盛岡へ直行せずに、八幡平《はちまんたい》の「山の宿」に立ち寄ったんだった。

思い出したら、山の宿へ今すぐ行きたくなった。

青森から盛岡行きの高速バスに乗って、花輪サービスエリアで降りたときにはもう暗くなっていた。そこから花輪駅前に向かって歩く。意外に遠い。駅前に着いたら、八幡平のほうへ行く最終バスが出てしまったところだ。

やれやれ。待合室でストーブにあたりながらぼんやりする。そうだ。このからっぽの時こそ、ルンペンの原点だ。詩が生まれてくる源だ。充実した時間ばかりでは、いのちのかすかな響きが聞こえなくなってしまう。

汽車で八幡平駅まで行って、そこからタクシーに乗る。あのとき六時間かけて歩いた道だ。

山の宿にはじめて出会ったのは、もっと以前、自転車で旅していたときだ。木の看板に呼び寄せられて一泊してみたら、とてもなごやかで、もっと泊まりたくなった。けれど貧しいので食事代だけ払って、晩ごはんを食べたあともくつろいで、寝る時間になると別館で寝てきますと言って出て行き、近くの公衆便所で段ボールを敷いて寝袋にくるまった。寒さをしのげる場所がほかにはなかったから。そして朝ごはんを食べに宿へ戻ってくる。そんなふうにして何日もごろごろさせてもらって、ぼくはベッカンというあだ名を付けられた。

しかし今はもう、あのころのような旅はできない。どうしてだろう。凍えながら渇望していた心が、人との結びつきによって、あたためられて満たされてきたせいか。

そんなことを思っているうちに、山の宿に着いた。五千円かかった。これは当時の五日分の旅費だ。

宿の扉をあけると、なつかしい人たちが待っていてくれていた。

ノリさんに拾われて

大晦日に八戸に着いて、せっかくノリさんと正月を迎えたのに、ぼくは元旦から寝込んでいる。病気をすると、心が過去へ向かって流れる。ノリさんに拾われたときのことを鮮明に思い出す。

あのころノリさんは盛岡に住んでいた。

盛岡に着いたぼくは、安い部屋を見つけてすぐに借りた。岩手大学へ聴講しに来たといつわって、疑われもせず、敷金も取られず、月一万の家賃だけ払って、よくまあ貸してもらえたものだ。けれど、がらんとした部屋に寝袋で寝て、やっぱりこれでは凍死すると思った。

山の宿で教えてもらっていた店に行って、こたつやふとんの中古を扱っているところをマスターに尋ねた。そしたら、となりでコーヒーを飲んでいた女の人が、うちにあるから明日取りにおいでよ、私も東京へ家出したとき人に助けられたんだから、と声をかけてくれた。うれしい以上にぼくは驚いた。たまご型のきれいな顔で、髪の毛をさらりと肩までたらしている。ぼくよりも十以上は年上に見える。その人がノリさんだ。

次の日の朝、ノリさんのアパートをさがした。

ノリさんは荷物をそろえていて、朝ごはんまで用意して待ってくれていた。石油ストーブが暖かい。おもてに車が止まった。この荷物を運ぶのを友だちにたのんでくれていたのだ。ふとん、こたつ、電気釜、炊事道具と食器、そして食べもの。部屋に運び込んでみると、必要なものはすべてそろっていた。

それからぼくは、こたつにもぐりこんで、ぬくもりと眠りとをむさぼった。毎日毎日、夜も眠り、昼も眠り、夕方になるとノリさんに会いに雪の中を出かけていった。ノリさんはいつも、暖まるものを食べに連れていってくれた。そしてたがいにたくさん話をした。冷えと疲れと寂しさが、やっと少しずつやわらいでいった。そして凍った道を歩いて、印刷屋のアルバイトに行くようにもなった。

春になるまえに、ぼくは盛岡からよろよろ出ていった。

それからまともに暮らそうとしたけれど、だめだった。学生に化けても働く人に化けても本物になれなくて、親にさんざん心配をかけながら苦しくうろついていた。

そして今また十年前の続きのように、ノリさんのところで倒れているなんて。

やっぱりぼくは相変わらず、世間からふわりと浮いたような状態でいる。でも、じつはそれが、さをりを教えるにも詩を書くにもたいせつなことのように思える。

あのころからぼくのなかに降りつもった雪は、消えずに残っている。いくら心があたためられても、とけようとしない。それでいい。雪だって、光を受ければ輝きだすから。

さをり織りを教えにタイへ

一九九四・九五年

スーパーセンス

バンコクのFHC（障害児のための財団）で、リハビリに来ている九歳のノブ君は、織り機をぱたぱた動かして夢中で遊んでいた。それから織り機の前にすわったまま、お母さんにごはんを食べさせてもらっている。食べているという自覚さえもないようで、お母さんがスプーンで食べ物を口の中に入れてあげると、それを他人事のようにただ飲み込んでいる。

織ってみる？ と言ってノブ君にシャトルを渡す。彼は自分の手でシャトルを持った。スプーンさえ持とうとしなかったのに。ちょっとだけ私が手をそえて織ってみせると、そのあとひとりで織りはじめた。スタッフがびっくりして集まってきた。お母さんは、「じょうずに」させたいという思いが先行するため、よこから手を出そうとする。その手をノブ君が払いのける。自分でやりたいんだ！

彼はこんど、織り機に張られた糸をなでまわしている。「自閉」と呼ばれる人は、こんなふうにたっぷり時間をかけて糸とお話しすることが多い。コモンセンス（常識）のかわりに、糸と語りあえるだけのスーパーセンス（超識？）をそなえもっているようだ。障害は、苦しみでもあるが才能でもある。

乾ききった土地で

イサーン（タイ東北部）の平原は見渡すかぎり赤茶色で、乾燥しきって雑草さえも枯れている。貯水池が完全に干上がっている。雨は、この六カ月間まったく降っていないそうだ。乾季には農業どころではない。現金収入のためにバンコクへ出稼ぎに行かざるをえないわけだ。障害をもった人たちは、この土地でいったいどうやって生きているのだろう。

スィブンルアンの町の総合病院で織り機を組み立てて、それから朝ごはんだ。ところが手を洗おうとしたら水道の水が出ない。病院でさえ日常的に断水しているのか。トイレの横の水槽にためてある水を手桶ですくって手を洗う。昨晩泊めてもらった病院の宿舎でも、もちろん水は出なかった。

小型トラックは、赤土のでこぼこ道を土煙をまきあげながら進んでいく。牛の群れが枯れ草を食べている。途中の村を通り過ぎるとき、ニワトリの親子がわざわざ車の直前を横断していく。そんな道を走ってサイトン村に入った。

村の家は高床式で、すき間だらけの板壁が涼しそうだ。こんな家に住みたいと思う。外見だけを見たところ、貧しくても穏やかな感じがする。どこの家にも、五百リットルくらい入りそうな水がめが一つか二つ置いてある。

大ぶりな織り機で木綿の絣《かすり》を織っている人がいる。待ってましたとばかりに、織った布をひろげて見せてくれる。紺と赤と白の色あいが美しい。彼女は小児麻痺のため歩けないから三輪自転車で移動する。座席とハンドルとのあいだにある長いレバーを手で前後にこいで進んで行く。

そうして行った先は近所の農家で、女の人たちが十人以上集まって待ってくれていた。

やっている。ブタとニワトリを飼っているすぐ横に織り機が据え付けてあって、ここではシルクを織っている。この女性はハンセン病のため指がほとんどない。

さて手始めに四メートルのたて糸をそろえはじめたところへ、初老の婦人がさっと寄って来て、まかせておきなさいと言わんばかりに糸をかけ直して、年期の入った手つきで十メートルのたて糸をつくってしまった。技術的なことはほとんど教える必要がない。

問題は、しっかり身についているパターンをどうやってぐちゃぐちゃにするかだ。わらくずとヤシの葉っぱの枯れたのが落ちていたから、それを織り込んでみた。ことばはわからないが、なんだこれは！と口々に言っているようすだ。

しかし失敗こそは成功である。そのとき織っていたおばさんが、わらくずを私の首筋につっこんだ。プレゼントと言ったのだと思う。私もみんなも笑った。これが仲間入りの儀式の役割を果たしたようだ。もうお客様ではなくなった。わらくずをつっこんだおばさんが、タオ！（かめ）と言っては、かめが這うような手まねをして私をからかう。こうしてヘラヘラ笑っているうちに、伝統と脱伝統とのあいだの壁がとろけていくような気がする。

ところが一年後へ

ところが一年後、またタイに来てみると、イサーンではその後まったく織られていなくて、たて糸を張ったままの織り機が、ほこりをかぶってバンコクのＦＨＣに返されてきた。ＦＨＣでもその間にたった二枚しかさをりが織られていなかった。スタッフは忙しくて、さをりについて頭で理解はしていても、実際に織る時間がないそうだ。

まえに私が教えたときには、かなり熱心なお母さんがいた。ところがその熱意が冷めてしまっている。なぜだろう。

糸の色を何色にしたら売れるか、いろいろ調べて、売れるものを織らせたい。織ったものが売れて、ちょっとでもお金になれば、この子はうれしいんだから。これがお母さんの考えだ。そして子どもは親の言うとおりに、いちども色を変えないで黙々と織っている。表現する方法が奪われているのだ。そんなのは、さをりじゃない。私がそう言ったら、お母さんは次の日、さをりっぽいものを織っていた。こんなのを織ったら、かめさんたちが喜ぶだろうと思ってねえ……。

これでは楽しいはずがない。さをりとは、いのちの躍動を織ることである。この原点から離れて、布が織れて売れさえすればよいと思ったら、なりふりかまわず織るだけのエネルギーが涸れてしまってあたりまえだろう。

さをりを織るのはたしかに簡単だけれど、なりふりかまわず織り続けなければ売れるようにはならない。

買ってきたみたいに美しい

踊るように織った作品を見て、ＦＨＣに来ている別のお母さんが「買ってきたみたいに美しいですねえ」と言った。お世辞のつもりなのだろうが、いちばん言われたくないことばだ。今回私は、いっしょに生きていく相手と二人で来ているのだが、彼女もあきれかえっている。通訳してくれた人の話では、タイ語には決まり文句があって、美しいときは「買ってきたみたいに美しい」と言うことになっている。そして、もし心のままに表現すると、ことばがまちがっているよと注意されるのだそうだ。

この人に限らず、バンコクの人はたいてい、心をポリ袋で覆って開こうとしないような雰囲気を持っている。しかしそれは、すさんだ都会に適応するための、しかたのないことなのだと、私たちは身をもってわかってきた。

さをりを教えるには、まず自分が心の武装を解いて、相手を受けとめねばならない。しかしバンコクでそんなふうにしていると精神的にむしばまれていく。そして人間関係の成り立たないのが怖くて、たびたび二人ともホテルに閉じ込もって、何日も外に出ることができなかった。

知的障害や自閉と呼ばれる人たちは、こんな状況にずっとおかれているのだ。その苦しみをこうして表現することも許されないままに。

自立していて平和である

バンコクを出て、タイ北部のチェンマイの町はずれにある、マッケンというところに来た。

ここはハンセン病の療養所で、百年近い歴史があり、キリスト教会がベースになっている。川のほとりの木立に囲まれた広い敷地に、農場があって、大きな池があって、芝生のなかに建物が散在している。

朝霧の中を歩いていって、仕事場に集まって讃美歌を歌って一日が始まる。

ここでは障害を持っているのが特別なことではない。かつて患者だった人が、治療や訓練をする側になっている。そしてリハビリテーションだけをするのではなく、農業や手工芸などで生活を成り立たせている。

風の感じからして穏やかで、人もゆったりとやさしい。平和に暮らすということと、自立して生きるということ、このあたりまえのようで実に困難なことが実現されている。ここに来てようやく、私たちの居場所が与えられた気がした。

さをりのこころを、聖書のことばをまじえて話すと、すんなりわかってもらえた。

いろんな人に楽しく織ってもらう。やはりここでも、片腕しか動かなかった子が織りながら両手を使うようになった。

これを今回限りのイベントに終わらせないで、さをりが定着するように、しっかりやってほしい。マッケンの責任者がそう願い出てくれた。

そこで、ここの人がさをりを指導できるようになるために、一人の人に徹底的に教えることにする。不思議なことに、ことばの壁が消えていった。そして二週間もすると、私たちがいなくても、その人がほかの人にちゃんと教えるようになっている。こうしてさをりは、人から人へ伝えられていく。

しずかなおばあさんの激しい思い

マッケンの中のいちばん奥まったところに、お年寄りたちがひっそりと住んでいる。

そこで一日だけデモンストレーションをやらせてもらった。

あるおばあさんが、指の落ちた手で織りまくっている。織る姿は楽しそうなのに、織られたものは激しく、人を打ちのめす。ピンクと黒の鋭いぎざぎざの模様。おばあさんの生きてきた世界が織られていく。朝から夕方まで織っている。

さをりは、差別されつづけてきた人といっしょにある。あふれる思いを表現させてもらえなかった人といっしょにある。そんな人が、生きてきた世界を織りあげていく。自分自身に向かって。そして、世の中に向かって。

ひっそり暮らしてきたおばあさんが、いま、いのちがけの叫びを織っている。
「芸術」や「福祉」どころではない。

かめかめ、また来てくれよ

タイの社会では、さをりが受け入れられにくい。それは、知的障害や自閉の人の自己表現が受け入れられにくいということと同じだ。

身体障害の人に対するケアは少しはできている。そして、歩けなくても聞こえなくても、それなりに自己表現はできる。ところが知的障害や自閉の人の表現することは、社会からほとんど無視されている。そんな人たちにこそ、さをりを伝えていきたい。さをりを織ることで、ことばを聞こうとしてくれない人たちに向かって自分を表現できるようになっていってほしい。

ＦＨＣＹ（ＦＨＣ横浜連絡事務所）という日本のＮＧＯがやり始めたこのプロジェクトは、今すぐにはうまくいかなくても、気長に続けていくべきだと思う。さをりを受け入れないのは障害者の「ために」働く人たちであって、知的障害を持たされた人たち自身は、さをりによって自分を表現できるようになることを待ち望んでいるのだから。

チェンマイの養護学校に行った最後の日、すっかり仲良くなった子どもが、かめかめ、また来てくれよ、と言いながら追いかけてきてくれた。イサーンのコンケンへ行ったときも同じだった。

そうして呼んでくれる人のところへなら、どこへでも私はのこのこ出かけていきたい。

障害を恵みとするには

一九九四年

障害は才能である。

けれど才能をもったまま行き倒れたくはない。障害という才能を活かして生活できるようになりたい。

春先に大阪で一カ月ほど寝込みながら、この都会でこれ以上生きるのは無理だと思った。

からだがひどくだるく、意識がぼやけて、現実感が崩れてくる。何もできない。ところが医者に検査してもらうと、どこも悪くないそうだ。こんなことが以前にもたびたび起きていた。適応できない環境にいるからいけないんだろう。

車いすのNさんが、家族でピースボートに乗って地球をひとまわりしてくるから、そのあいだ三カ月ほど沖縄へ来て留守番をしてほしいと話をもちかけてくれている。チャンスだ。そのまま沖縄に住みついてしまえるかもしれない。沖縄で、光と潮風を浴びて暮らしていれば、きっと元気になっていくだろう。和歌山の由良に住んでいたあいだも元気だったことだし。

三月末、からだがいくらか動くようになったので、織り機といっしょに沖縄へ渡った。

Nさんは横浜に居たころ、交通事故を起こして頸椎損傷で救急病院に運び込まれた。その病院の看護婦さんと結婚して、ふたごの女の子も生まれた。そして去年、横浜から沖縄へ引っ越してきて、「海と風の宿」という民宿を始めたばかりだ。

Nさんは言う。車いすのまわりに人が集まってきて和ができる。人と人とが出会う場を作るのが自分の役割だ。障害者になってよかったと。民宿はまだ正式にはオープンしていないのに、本土の各地からも近所からも、たしかに人がいろいろ集まってくる。ぼくもそのうちの一人だ。

この瀬嵩《せだけ》というところは明るい。近所の人がさりげなく親切で、子どもたちがにぎやかだ。毎日が楽しい。

せっかくこんないいところへ来たのに、Nさん一家が出発したあと、ぼくはまた半月ほど寝込んでしまった。

それから「いしなぐ授産所」でさをりを教えることになった。最初の二週間は順調だった。ところが三週間目にまたも現実感を失って起きれなくなってしまった。話をしていても、自分が話しているという手ごたえがうすい。自分の胸のなかにヘビがうようよしているのがときどき見える。仕事どころではない。沖縄へ来てもダメだったか。

それが今もずっと続いている。いしなぐのスタッフは、ゆっくり休んでから出てくればいいよと言ってくれている。しかしそれでお金をもらうのは申し訳ないし、ときどき働く程度では生きていけるだけの収入にはならない。もはや、ちゃんと通勤して、給料をもらって、家賃を払ってという生活は不可能だ。留守番が終わってからの住むところも決まっていないし、もう貯金もない。

さあ、では、これからどうやって食っていこう。自分の障害を才能として役立てるには、どうすればいいのか。もしかするとこれは、障害が恵みであることを証明するための人体実験ではないか。

ぼくは本来ルンペンなんだ。まともな人のように見せかけたりしないでいい。さをりも大道芸のように、通りがかりの人に織ってもらって、投げ銭をいただくようにすればどうだろう。できあがった品物よりも、自分で作るよろこびを人は求めているようだから。

そして追いつめられた今、あらためて自覚する。最後にぼくのいのちをささえるのは、詩だ。今日だって、仕事には行けなかったけれど、それでもこうして原稿を書くことだけは、なぜかできるのだ。世間の現実を陸の上とたとえれば、現実感を失うのは海に潜るようなものだ。海という無意識の世界に潜って、海底のタコをつかまえてくる。そして陸の上の人のパッと渡す、それが詩だ。

よし、病気のことも作品のなかに組み込んで、詩集をまとめよう。そしてルンペンらしくフラフラしながら、この詩集を売って歩くとしよう。

そうやって死ぬなんてことは、まだないだろう。こわがらなくていい。弱いところにこそ神の恵みが完全に現れるという聖書のことばは、きっとウソではないから。

地震のあとに

神戸の地震で現実が崩れた
わたしは現実感が崩れて苦しんでいたけれど
この地震によって
自分の中の世界と外の世界とがようやく一致した
すると現実感が戻ってきた
さあ　これからは……

まちの復興だ　こころの治療だと言って
りっぱなものを築いたり
崩れない強さを求めたりするのはもうたくさんだ
小さくて弱いまま平和でいたい

人が死んだところには花が咲いてほしい
家やビルの壊れたところは森になってほしい
砕けたこころから　うたがあふれでてほしい

人も社会もそうやって癒やされて
おだやかに生きていけるようになりたい

第二章

脳を病みながら生きる

精神病にでもならないと

雪降る中で野宿しながら
放浪していたくらいでは
まだまだ甘かったのです
せめて精神病にでもならないと
苦しむ人たちに共感してもらえる詩など
書けたもんじゃありません

わたしの病気は
詩を書くためにさずかったのです
それなのに　ただ寝ていてどうするのですか
苦しみを朗々とうたいましょう

そして苦しみのただ中にも
救いの光が　きらりとひとすじ
つらぬいていますように

沖縄でのくらし

（沖縄県名護市　屋我地《やがじ》島）

あたらしいうたごえ

あこがれをいだいて
ゆっくり歩くことを
目的地を定めずに
すすんでいくことを
ながいあいだ忘れてしまっていた

用事があるからクルマを走らせ
用事がすんだら家へと急ぐ
そこに生きがいを見いだしたときから
役に立たないことのうつくしさを
ながいあいだ忘れてしまっていた

やさしい人に囲まれて満たされて
手の届くところにやすらぎを得てからは
あこがれには手錠をみずからかけて
届かない遠い人への想いを
ながいあいだ忘れてしまっていた

うたごえはわたしから離れていった
うたわないいのちは日々腐れていく
そうして何年もすぎていった

精神病はいっそう重くなり
このようなくらしが砕けようとしたとき
ひびがはいったその最初のすき間から
新しい風が吹きこんできた
太陽と土の香りをのせて

新しい風にかきたてられて
目的地をもたずにこころは出発した
用のないところに立ち止まり
遠い人に恋心をもやして
いつのまにかわたしはうたいだしていた

太陽と土のあいだに風が吹き
花に光がはじけるように

新しいうたがあふれでてくる
このあたらしいうたごえが
これからの生活を呼びよせてくれるだろう

仕事で出かける道のりも旅となり
つれそって生きる人に恋をしつづけ
うたいながら死んでいくだろう

わたしたちの家の木

わたしたちが引っ越してきたとき
まえに住んでいた人が残していった木は
根がプラスチックの植木鉢を突き破り
玄関のわきに居場所をかまえた
植木鉢の破片を取り除いてあげた

あれから三年
木が育つのと同じくらいに
ここでゆっくりくらしている
からみあって太くなった木の根は
とても山深い雰囲気をただよわせる

枝がずんずん伸びていくので
これはわたしの枝
こっちのはあなたの枝
そう決めて大きくなるのを楽しんできた

木の奥の戸をあけて家に入ると
この木のなかに入りこんだようで
とてもおちついていられる

うちへ訪ねてきてくれる人も
まずはこの木に迎えられる

見守られて

目がさめて
朝のみずいろの空を見る
みどりのもりあがった森を見る

脳をひどく病んで
倒れながら
のたうちながら

いつもこの部屋から空と森を見ていた

空と森もわたしを見ている
天気や季節がつぎつぎかわっても
あっけらかんと見てくれている

空と森と人生の友よ
脳を病むわたしを見守ってくれてありがとう
あなたがたのまなざしによって
病気はいつか　なおるだろう

あなたのバラは

あなたが出発するとき
植えて残していってくれたバラは
きのうの風でつぼみの付け根が
ぜんぶ折れてしまったよ

来年咲くことを願いつつ水をあげる

なんということだろうあなたのバラは
折れたままのつぼみがみんな
その日のうちに花ひらいたよ
あなたにそっくりだ弱そうでたくましくて

バラを見に帰っておいで

もし旅がもっとつづくなら
バラは枯らさないから心配しないで
どんなに遠くへ行ってもいいよ
でもいつか帰っておいで

あなたの花はここにあるから

かすかな声

くもった空に
小鳥の声がかすかに聞こえた

べったりくもったわたしのこころにも
かすかなうたがいま聞こえる

これまでながいあいだ
うめく声しか聞こえなかったのに

やもり

やもりはケッケケッといいながら
壁をうろちょろして
ケッケケッといいながら
うんこを家のあちこちに落としていく

なあ　やもりたちよ
おまえたちの苦労はわからないけど
単純ないい生きかたをしてるなあ
人間はあれこれ複雑すぎるんだよ

くつしたをぬぎなさい

友だちとバスを待っているとき
くつしたをぬぎなさいよと友だちが言った
なるほどと思ってくつしたをぬいだら
ぞうりをはいた素足に春風がここちよい

そのときだ
こころの武装も解きなさいと
大いなる声にはっきり言われたのは

友だちはこころを武装しないまま
傷ついて血だらけになっていた
そんな人から言われたからこそ
わたしはすなおに武装を解けた

もはやこころを守り固めなくてもいい
ばっくりひらいていた傷口がふさがっている
そう気がついておどろいてから
苦しさはみるみる軽くなっていった

この友だちからもついに手紙がきた
休暇をとってゆっくり休んで
祈りと黙想の日々をすごして
こころもからだも完全にいやされたと

アマリリス

滝のような雨ではなく
滝そのものが降りしきって
雷がとどろくなか
アマリリスたちは赤く咲いていた

夕暮れちかくに
滝はようやく降りやんだ
花びらはちぎれて赤黒くなって
つるりとした葉っぱにへばりついている

わたしはぬれた屋根によじ登る
雲がすぐそばを吹き飛んで流れる
とつぜん光がさして青空があらわれた

屋根から花たちのところへおりていく
花はぼろぼろになっても哀れさをよせつけない
つぼみについた水滴のなかにも
真っ赤なアマリリスが輝いている

夜おそくもういちど花と向きあえば
きびしいしずかさをひそかに咲かせている

走る海

波が走ってくる
こっちへむかって波が走ってくる
波がぶつかってしぶきがとんでくる

海が走ってくる
ひろい外海から押し寄せてきて
海峡を潮がずんずん流れていく

風に押され
月に引っぱられ
地球を揺さぶって海は走る

月と手をつないで

夕暮れの空を見ながら
海辺の道を歩いているとき

だれかがいるような感じがしたので
ふりむけば
大きな月とばったり目が合った

月と手をつないで帰ろう

ゴンズイ

毒をもったゴンズイどもが
岸辺にうじゃうじゃ群れている
ナマズみたいにぬるりとしてヒゲをはやして
まったく薄気味悪いのに
こんなに見とれてしまうのはどうしてだ
自分の姿に似ているからかな

近所の人がわたしによりつかないのは
わたしもゴンズイのように見られているんだろう
そう考えれば納得がいく
うじゃうじゃ群れるのは好きじゃないけど
やっぱりゴンズイとわたしは同類か

思えば去年
教会の司祭と大げんかをして
相手はわたしの怒りを理解できないで
気まずい別れをしたままだけれど
あの司祭もゴンズイなんだ同類なんだ
いつかあやまりに行って仲なおりしたい
ほんもののゴンズイどうしだって
仲よくやっているんだから

家に帰る

家にいてもどうせひとりだから
きょうは海辺で寝るとしよう
寝袋をもってささやかな旅に出る

放浪するしかなかったころから
こうしてひとりで浜辺に立って
水平線と夕日をなんど見ただろう

北風がぴゅうぴゅう吹いて寒い
風をよけて岩かげにはいると蚊に取り囲まれる

いつもこんななかで野宿してたんだ

日が暮れてしまうと
どうしたことだ　家に帰りたいなんて
風が強いというのは口実だ

たまらなくなって帰ってきたら
いっしょに住んでいただいじな人が
今はいないのに　いるときの感じが残っている

ここではさっきの夜風さえもやさしい
蛍光灯を消してロウソクを灯すと
求めつづけてきた生活がうかびあがる

ごはんの炊けてくる香り

ごはんの炊けてくる香りが
とてもなつかしい

もっとなつかしい何かが香ってくる
病んだわたしはその香りにつつまれる

わたしをつつんでくれたのは
足もとの土のにおいだ

うつくしいものにあこがれすぎて
根をおろすことをずっと拒んで
まぼろしの空間にただよって
枯れていく活け花のように病んでいた

ごはんの炊けてくる香りにみちびかれて
足もとの土へ連れ戻されていく
そしていつか
土くさくなって　なおっていくだろう

区長からの電話

区長は公民館のおおやけの電話を使い
地区の代表者の立場でこう言った

ここの集落は貧しいから
こんどの住民投票では

名護市への米軍ヘリポート移設に賛成してください

選挙管理委員会にすぐ通報したら
もちろんよいことではありませんが
住民投票は「選挙」ではないから
どうすることもできませんねえ
区長にそのことを伝えたら
ああ　そうですか　それだけだった

貧しいから戦争への道を選んでほしいという
考えがまるでわからない
戦争でいちばん苦しむのは貧しい人たちだと
このまえの戦争で骨身にしみて知っているはずなのに

魔術のことばにだまされて

アメリカ軍のヘリポートを作ると
地元に経済効果があります
サミットという巨大国の会談を
名護市でやれば経済効果があります

ケイザイコウカなどという
魔術のことばにだまされないでほしい

サミットをやって
米軍基地ができて
それであなた自身がほんとうにもうかるなら
どうぞ賛成してください
土建会社がもうかるとも聞くけれど
やとわれてダンプカーを運転しているあなたの
給料がいったいどれだけ上がるのでしょう

沖縄にはむかしから
「命こそ宝」というすばらしいことばがあるのに
ひっくりかえされて「宝こそ命」となるなんて
巨大な力を宝だと思いこまされて
あまりに正直な島の人たちは
だまされて奪われて殺される歴史を
またもくりかえすのでしょうか

さよなら

あなたは帰ってきた
一泊二日でやって来た

必要な荷物だけさっさとまとめて
どこかへ消えていった

あなたの行く道が
光に照らされていますように

ここからは
わたしもわたし独自の道を行きます

ひとつの道をふたりで歩くのは
つらくてもたのしいことでした

いっしょに生きてくれてありがとう
すべてこれでよかったと思います

ゆいまある

ゆいまあるとは地域の人どうしの結びつき
信頼で結ばれて　しがらみに囚われて
シマの社会は成り立っている

ゆいまあるにふさわしくない人を排除することで
ゆいまあるは固められている
ハンセン病者を迫害した歴史はすさまじい
精神障害者は黙殺されるから
わざわざ遠くの病院へこっそりかよう人たちがいる

わたしは沖縄に来た最初から
ゆいまあるに入れてもらおうなどと思わずに
ゆいまあるの外におかれた人たちとともにいた

しかし健やかに生きるには
地域のなかで暮らすことが必要だ
もう限界だ　シマから出よう

こんなわたしを受け入れてくださった

やさしい仲間たちよ
逃げ出すことさえできないかたがたよ
どうかゆるしてください
わたしは広い世界に出ていきます

愛楽園のおばさんとおじさんに

戦争で艦砲射撃を受けて
防空壕を掘って傷が悪化して
非衛生な壕のなかで何百人もが亡くなったことを
おばさんとおじさんは淡々と何度も語ってくださった
迷信と国策がハンセン病への恐怖を人びとに植えつけて
家族も本名も奪われて強制隔離された歴史は終わらない
歴史はそう簡単に終わらない

らい予防法が廃止されても
療養所から社会へは出てゆけない
わたしたちは近くに住んでいたのに　いや近かったからこそ
おばさんとおじさんが来てくれたのは　ただ一度きり
地元の人とは会いたくない　とくに屋我地の島の人とは！

そんなおばさんとおじさんに
わたしたちはいつも甘えに行きました
おふたりのそばにいると　とてもくつろぐのです
あたりまえのように縁側からあがりこむと
おばさんはごちそうを作ってくださって
あまりにおいしいから　食べると悩みを忘れました
おじさんはわたしたちの泣き言を聞いては慰めてくれました
おふたりが受けた苦難に比べれば
精神障害など何でもないことですね

わたしたちの離婚の話もじっと聞いてくださいました

そしてわたしが沖縄を去るとき
妻の記念のバラをもってきて
おふたりの庭に植えてもらいました

どうぞお元気でいてください
またいつか訪ねていきますから

涼やかな友に

あなたが働いていた琉球ガラスの工房では
ガラスを溶かす熱で汗が噴き出ると聞きましたが
細いからだでそんな重労働によく耐えたものですね

沖縄を出るわたしへのお別れに
うすみずいろの小さな花びんをつくってくれました
その花びんをながめては思いだします

わたしたち作品をつくる者は
つくることばかりに情熱を注いで
売るのを他人まかせにしている
こころをこめてつくったからには
こころをこめて売ってみよう

そんなことを話しあってさっそく
岬の灯台のまえに露店を出して
あなたのガラスと　わたしの手織りを　ふたりで売りました
その日とつぜん夏がきて　日陰はなく
はげしく暑く　はげしく青く　はげしくまぶしくて

あなたの存在だけがここちよく涼やかでした
やさしさの吹きこまれた涼やかな花びんをそっとなでます

「さをり工房はれるや」

ただの　はたおりの工房じゃない
ここでいろんな人が出会うのだ
ありのままの自分を織りながら
ありのままの友と出会う
それがおもしろくて
だから苦しみをかかえた人がよく来てくれた
こちらから出かけていきもした
精神障害　知的障害　ハンセン病の人たち
悩んで旅に出て来た若い人たち
米軍基地に反対する人たち
出会った人はみんなやさしかった

団体航空券のバラ売りで稼ぎもした
名付けて「うみがめツアー」
ただ安く切符がほしい人にはそれに応じる

でも旅人さんとの交流もたくさん生まれた
出会いはとても楽しかった

近所からは気違い扱いされて無視されていたけれど
出会うべき人とはちゃんと結ばれた
そうして生活もなんとか成り立っていた
そんな沖縄でのくらしがいま終わる

空とぶかめ

（山口県玖《く》珂《が》町）

かめはおよぐ

かめは　およぐおよぐ　ひろいひろい海を
ゆうゆうと　およぐ
かめは　もぐるもぐる　ふかいふかい海へ
こころのなかの海へ

海のそこでは　時計がとまってる
はるかなときの　ながれはひそやかだ

かめは　およぐおよぐ　ひろいひろい海を
ゆうゆうと　およぐ
かめは　もぐるもぐる　ふかいふかい海へ
こころのなかの海へ

空とぶかめ

空をとべる　かめになりたい

青い空の
ひくいところをふわふわとんだら
子どもが見つけて
あっ　かめちゃんがとんでると言って
追いかけてきてくれる
そしたらかめもうれしくなって
こんなうたをうたいだすのだ

かめかめ　かめかめ　空とぶかめだよ
かめかめ　かめかめ　空とぶかめだよ
山をこえ　海をこえ　星をこえ
あなたにむかって

うたが　かめにつばさ与え　風にのり飛んでゆく
うたの花束たずさえ　風にのり飛んでゆく

かめかめ　かめかめ　空とぶかめだよ
かめかめ　かめかめ　空とぶかめだよ
山をこえ　海をこえ　星をこえ
あなたにむかって

かめはどうしてどんくさい

かめはどうしてどんくさい　どうしてだ
かっこよくなろうとしないのか　どうしてだ
かめは　どんくさいままで
ゆっくりたのしく　くらしてて
しあわせだから　いいんだ
どんくさくても　かっこいい　なんだそれは

だけど　かめはのろい　どうしてだ
のろくなんかないぞ　きいてくれ
かめがじっとしていても

ちきゅうのうえにいたら
ちきゅうは　いちにちで　ひとまわり
かめもちきゅうをいちにちで　ひとまわり

おまえも　かめといっしょに
でっかいちきゅうをいちにちで
ひとまわり　ホィホィホィ

ともおくん　ありがとう

ともおくん
あなたはとつぜん
空とぶかめっていううた　つくって
そう言いましたね
つくってみたら　できました
うたのことばにぴったりの　おんがくがありました
うたってみたら　たのしくなりました
そしたらあなたは
おおよろこびしてくれましたね

ともおくんのおかあさんが

おんがくもじぶんでつくったらいいと言ってくれました
つくってみたら　できました
じぶんでつくったうたが　だいすきになって
それからいくつも　うたをつくりました

あたまのびょうきで　くるしくなったとき
ギターをひいて　そのうたをうたうと
たのしくなって　げんきがでてきます
ともおくんの　おかげです
ほんとうにありがとう

うたうことは祈ること

（山口県岩国市）

孤独な花

孤独な花ほど美しく咲くものはない
そう書き送ってくださったあなたは
いつもわたしを見守って
確信をもって祈ってくれます
そんなあなたにこころからありがとう

うたの花を美しく咲かせたい
そう願いながら何年も詩が書けなくて
ふたたび書ける日を信じて待っていました
あなたの祈りとわたしの祈りがひとつになって
感謝をこめてうたの花がひらきました

わたしはたしかに孤独です
でも切り花のような孤独ではないことを
あなたはよく知ってくれていますね
花をつけられなかったあいだに
岩に根をおろし
岩を割って根をのばし
大地と結びついたのです

わたしの花とあなたの花は
おなじ土から水を吸いあげ
ひとつの大いなる光を受けて
おおぜいの花たちとともに咲いています

インスタントラーメン

このプラスチックのようなエサをまえにして
感謝の祈りをささげることはどうしてもできません
病気で動けないけど腹がへってしかたがなく
やっとのことでつくったラーメンのまずいこと
飢えている人がこれを聞いたらなんと思うでしょう
わたしだって飢えるよりは　このエサを選びました

「飢えている人に食べ物が与えられますように」という
食事の感謝の祈りには　まやかしが混じっています
そのために自分は何もしていないという大きなまやかしが
インスタントラーメンがこの事実をあばいてしまうので
なおさら感謝の祈りができなくなるのです

うたうことは祈ること

苦しくて起きあがれない
昼をすぎたのに何も食べてない
もういちど眠りのなかに逃げこんで
ちょっとらくになったけどまだ起きあがれない
日曜日なのに教会へも行けなかった
こうして倒れたまま年月が過ぎていく
こんなのがわたしの人生ですか

そう　これがあなたの人生です
病気の苦しみも
必要だから与えているのです
安心して倒れていなさい
すぐにいのちを奪いはしません

若かったころは苦しまぎれに
天にむかって吠えたてていたけれど
いまはしずかに思いさえすれば
こたえてもらえることを知りました
たしかにこれがわたしの人生です
倒れたままでも詩を書けるのがうれしい
うたうと現実がうつくしく見えてきます
うたうことと祈ることは同じことですから

水たまり

ザアカイよ
　急いで降りてきなさい

とっさにわたしは木から手をはなす
どすん　びちゃん
落ちたところは道の水たまり
これがわたしの受けた洗礼

救い主は水たまりにかがみこみ
わたしを立たせてくださった
だのにそのかたを家に招かず
またひとりで歩きだしたのだ

水たまりがあるたびに青い空がうつっている
天から降りてきてくださったかたを思う

思っただけで
招き入れたおぼえはないのに
光を放つかたが　たしかにおられる
こころのぬかるみの小さな水たまりにうつった
青いあかるい空のなかに

（ルカによる福音書19章5節より）

出会いと目ざめ

ただ信ぜよ　ただ信ぜよ
　信ずる者は誰も　みな救われん

そんなインチキなうたはやめろ
知らない相手を信ぜよというのか
さいしょに出会いの体験があって
信頼関係はそれから結ばれる

でも神は最初から人と出会っている
人が出会いに気づかないだけだ
だからうたを作りかえよう

ただ目ざめよ　ただ目ざめよ
目ざめて出会った者は　もう救われている

さて　そういうわたしは
いつも目ざめてよろこんでいるか
病気に振りまわされてばかりいてからに
病気のままで救われていることを
すなおによろこぼうじゃないか

絵のなかの祈り

あなたは青い絵をかいた
「主よ　みこころのままに」というタイトルで

絵のなかのやせ細った青白い人は
ひざをつき　胸に手を組んで
青い細い顔を天空に向けている

その大きな絵のとなりであなたは
わざと半分ふざけたように
絵とおなじポーズをして写真に写る
しかしわたしにはわかるのだ
ふざけたふりをして切実に祈っていることが

絵の背景いちめんの深い青むらさきのなかで
あなたは苦しみの底から祈っている
わたしもこの絵のなかで祈っている
絵にもことばにも表現しきれないことを

すべてを喪失した者の祈り

むかしの人たちは詩編のなかで
祈りを今もうたいつづける

嘆きの祈り
渇望の祈り
苦悩の祈り
「わたしの魂はあなたの救いを求めて絶え入りそうです」
讃美の祈り
平和への祈り
感謝の祈り
「主はすべてを喪失した者の祈りを顧み
　その祈りを侮られませんでした」

何千年もつづく祈りの渦に

わたしの祈りがそのまま流れ込む
とつぜん祈りから人の声が消えて
しずまりきったなかで
すべてを喪失した者の沈黙が天と大地をむすぶ

地球をつらぬく声

それは声だけの夢だった

フェリスィダー
フェリスィダー
フェリスィダー

地の底から力のかぎりに
地球の裏側のくにぐにからまっすぐに
地球の中心の高温高圧をつらぬいて

フェリスィダー
フェリスィダー
フェリスィダー

スペイン語がほとんどできないわたしにも
フェリスィダー
それが幸福という意味だとわかる

あれはほんとうに夢だったのか
わたしのこころの底からの叫びが
地球をつらぬいて響いたのかもしれないぞ

聖なる呼びかけのことばが

スペイン語の聖書を読みはじめた
文法などろくに勉強してないのに
読めばびりびりと伝わってくる

たとえばステファノが殺されるとき
「見てください！
天が開いて、人の子が神の右にいるのが見える」と言った
自分を打ち殺そうとする人々に向かって
「見てください！」と語りかけるとき
あなたがたにもきっと見えるという希望を捨てていない

「見てください！」というだいじなひとことが
英語の聖書にもネパール語の聖書にもあるじゃないか
だのに日本語の聖書にはそれが欠けていて
呼びかけのことばを独白のように読み違えてしまっていた

「見てください！」とわたしにも語りかけてくる
ステファノとともにキリストを見たいとせつに思う
（使徒言行録7章56節より）

雪の朝

戸をあけたら外は
白い世界だ
空は晴れわたり
朝日にすべてがきらめいている

ゆうべのうちにわたしは死んで
天国に迎えいれられたのか
それとも二十年前の青春に戻ったか
きりりとひきしまった新雪の朝

恋人と寄りそって歩いた道が
ここからふたたび始まるのだろうか

どちらもほんとうだ
世界の時を跳び超えて教会へ向かうのだから

雪がとけても
このかがやきはいつまでも忘れないだろう
ちいさな教会で讃美歌をうたう

くだっていく道

シュタイナー教育の講習会にかよってみた
高い次元に向かうすばらしい生きかたが示された
でもこの理想はこころの奥に秘めておこう

理想をめざして高く登るのは
わたしにゆるされた道ではない
苦しみあえぐ仲間たちから離れず
底辺にとどまっているために
精神障害という恵みを受けたのだから

天国への道は
底辺にとどまり
さらにくだっていく道だ
闇をすすむ足もとがうっすらと明るいのは
ほら　天からの光がもうここに届いている

苦しみあえぐ仲間たちよ
いっしょにこの道を行こう

ツノカクシ

結婚式のツノカクシの風習は
女性差別の象徴ともいえるけど
ツノがあるからツノカクシをするのよ
式が終わればツノカクシをとるわよ
そう考えればツノカクシは
抵抗の象徴にたちまち変わる

そんなツノカクシをわたしもかぶって
抵抗のうたをやさしくうたおう

祈りのうたをしずかにうたおう

エイエイオーとツノを振りかざせば
もっと強い力に押さえ込まれる
原発や米軍基地が力づくでつくられようとするとき
カネがばらまかれても
人のやさしさを買収はできない
機動隊が出動してきても
祈りは聖なる力　国家権力にそんな力はない

だから　たたかうなら
ヘルメットのかわりにツノカクシをかぶろう
やさしさと祈りのツノカクシを

獄中のシラスたちに

真夜中ごろ
パウロとシラスが賛美の歌をうたって
神に祈っていると
ほかの囚人たちはこれに聞き入っていた

二人はむちで打たれ　牢に投げ込まれ　足かせをはめられて
そんな最悪の状況のなかで真夜中にうたううたが
聞き入る囚人たちのこころ深くに響きわたっていく
うたと祈りの一致の極みだ

そのとき大地は揺れ動き　牢の戸がみな開いた
求める人に救いの道を伝えてから二人は出ていった
これは奇跡ではない
うたと祈りにはそれだけの力が秘められている
そのうたを牢の中でわたしも聞きたかった

わたしのうたに　はたしてこれだけの力があるか
わたしのうたは　解放をもたらすか
どんなときにも　うたとともに生きているか
うたうからには　状況に左右されず　うたいつづけろよ

（使徒言行録16章26節より）

ヨブの友エリフに

どこにいますのか、わたしの造り主なる神
夜、歌を与える方
地の獣によって教え
空の鳥によって知恵を授ける方は

こうして神を呼び求めるところから
作品に霊性が注ぎ込まれます
暗闇のなかでこそ　うたが与えられるのです
聖書からだけではなく
生きているけものや鳥たちから
まことのことばをさずかって
わかりやすく人に伝えるのが詩人のつとめです

このようにうたわないから答えてくださらない
うたでない嘆きは無駄口
だから神に無視されるのだと言いきるエリフよ
ヨブのようにもがくわたしは
詩人の魂を語るあなたに耳をかたむけます

（ヨブ記85章10・11節より）

こうらと友とうた

（岩国市）

こうらと友とうた

「かめ」と呼ばれる精神病のわたしは
こうらのふとんにもぐったまま
ひとりで寒い朝をむかえた
世間はきょうから二十一世紀
病気の友が電話をくれた

もしもわたしに友がいなければ
人を思ってうたうよろこびを知らずに
うなってばかりいただろう

ふとんのうえでギターをかかえて
うたをつくってうたわなければ
病気にほろぼされていただろう

もしもわたしが精神病という
こうらで守られてなかったら
世間につぶされ　毒薬を飲んで
この世紀をむかえずに死んでいただろう

精神病院の思い出

精神病院の保護室で真夜中に
錯乱しそうになって看護婦さんを呼んだ
看護婦さんはすぐ来てくれて
のたうってあえぐわたしの手を両手でつつんで

だいじょううぶ
だいじょうぶだからね

やさしいおちついた声でそう言ってくれた
あばれるかもしれないという恐れなどなく
わたしと向きあってくださった

今も苦しくなると
だいじょううぶ
だいじょうぶだからね
そう言ってこころをつつんでもらっているのを感じます

せつなる願い

病む友に願ったことは
生きててくれよ
ただそれだけだった

病気にさいなまれるわたしも
とにかく生きていたい
このせつなる願いからすべては始まる

がんこおやじ

あんたは　がんこおやじだから
そう言われてドキリと自覚したよ
おやじと呼ばれる歳になってもネクタイをしたことがなく
世の中から一歩退いてふわふわ暮らすのが現実だからこそ
倒れながらでも詩だけはがんこに書きつづけたい
がんこおやじは　まごころこめてあなたにうたう
世間の役には立たないけれど
これがわたしのほんとうの仕事です

自殺を思うとき

今から飛びおりる
すぐに行くからもう四時間待ってろ
電車を何回も乗りついでかけつけたら
あなたはカッターナイフで自分の手を切り
血を流していました
でも動脈は切らないでいましたね

そんなふうだったあなたは
病気のままでしあわせに結婚して
苦しくても死ぬとは言わなくなりました

そしてこんどはわたしのほうから
この薬いちどにぜんぶ飲んだら死ぬかな
アルコールといっしょに飲んだら死ねるよ
そうするまえには電話するからな

こうしてささえあっているにもかかわらず
苦しさにつぶれそうになって
もうこれ以上生きていなくてもいいと思うときもあります

手紙を出しに

大好きな歌手にビクトル＝ハラが
「窓をあけて」とうたっているから
窓をあけてみる
真冬とはいえたしかに初春だ

出かけてみようか
風吹く世界へ
ポストまではすこし遠いけど
たいせつな友への手紙を出しに

よたよたと
でもよろこんで歩いていこう
道を歩くのは何日ぶりだろう
ずうっとへやに閉じこもっていたのだなあ

これからは心の苦しい日でも
立ってわたし自身をつれ出してみよう
地球を踏みしめていなければ
生きたままで幽霊になるぞ

太陽のうたごえ

冬の太陽は昼でもひくく　陽ざしはほそく
太陽がかくれると部屋はたちまち寒くなる

そんなとき　ラテンアメリカのうたごえをきけば
うたう人のあつい思いが
こごえた心に春をはこんでくる
ひとりだから寒かったのだと
春の光にみたされて気がついた

みんなの平和なくらしをねがって
やさしく力づよくうたう人たちの声が
たましいの太陽となって昇ってきて照りかがやく

銃声がとどろいて
太陽は血まみれになって地に落ちた
冬に戻った世界には次の朝
また新しい陽が昇る

春の光をいちど知ったら
太陽を信頼して冬を恐れない

チリのビクトル＝ハラに

ビクトル＝ハラよ
あなたは　うたいながら殺された
あれは一九七三年　サンティアゴの国立競技場
人々のしあわせを願ってうたった
ただそれだけのために
あなたは　うたいながら殺された

しかし　ビクトル＝ハラよ
あなたのうたは生きている
海を越えて吹いてくる
抵抗のうたなのに
花の香りのようにやさしく
わたしのなかをいつも流れる

立ち止まったあなたのひとみが
わたしを見つめる
いっしょにおいで　こわがらないでと
さそって歩きはじめる

ビクトル＝ハラよ
わたしも行く
あなたとともに
うたう風となろう
あなたとともに
海を越えて吹いてゆこう

ビクトル＝ハラよ
ベンセレーモス（わたしたちの勝利）と日本でうたっても
「わたしたちの商品」にとって替わられる
そんな今の時代だからこそ　あなたのうたが必要だ

ああ　ビクトル＝ハラよ
あなたのうたは生きている
海を越えて吹いてくる
抵抗のうたなのに
花の香りのようにやさしく
わたしのなかをいつも流れる
あなたが殺されたその場に
わたしもいたような気がしてならない

八木重吉さんに

わたしは弱い
しかしかならず永遠をおもうてうたう
わたしの死ぬるのちにかがやかぬ詩《うた》なら
いまめのまえでほろびてしまえ

このことばは　わたしの願いそのものです
せつなくほそくうたうあなたがわたしを
詩を書く者として目覚めさせてくれました

かならずや
ひかりのせかいがあろう

そのせかいを重吉さんとさがし求めるうちに
キリストの足もとへ向かうようになりました

わたしのうたは　もしや
あなたの影響を受けすぎているかもしれません
でもあなたより十年以上長生きするうちに
ぶくぶくとだらしなく太ってしまいました
作品までだらしなくならないように
つねにあなたのことばを思っています

傷ついたユリの花を見つめるあなたに

凍って傷ついた白いユリの詩をもらったら
ほんもののユリの花束をいただいたようで
散らかった殺風景な部屋は花の香りに満たされました

傷だらけのユリたちが花開いていくようすを見つめて
ゆっくり　ゆっくり
少しづつ　少しづつ
と描くあなたは　花の時の流れによりそっていますね

わたしの部屋に咲いたユリたちよ
傷ついているからいっそう美しい花たちよ
こんな季節にどこから来たのですか
シマカラデス
奄美の南の沖永良部島ですか　それとも？
アナタノトモダチノ　ココロノシマカラデス
寒いところに来て　つらかったでしょう

アノヒトノココロハ　アタタカデシタ
ダカラコウシテ　サクコトガデキタノデス
花が枯れてしまったら　さびしくなるなあ
カレマセン　コレヲヨンデクレルヒトニ
サイテ　ヒロガッテイキマス
アノヒトノシマニモ　ズットサイテイマス

イカを食う

何日も起きられなくて
ふとんのなかでかじっていたパンも尽きて
このまま死ぬのかな

そのときどうしてもイカを食いたくなった
死ぬのはイカを食ってからにしよう

冷たい雨をあびてバイクに乗る
どうやって運転できたのだろうか
とにかくイカを買ってきていた

鍋にぶちこんで煮えたのを
かぶって食いちぎって汁をすすって
イカのはらわたは海の味がする
そうだ海を食っているのだ

イカが　海が　おおきないのちが
このかすかなわたしのいのちを
あすへとつないでくれた

昼に風呂に入る

ようやく日が照って暖かくなってきて
風呂に入る元気がでてきた
ウツ状態のときには
からだを洗うのさえ　おっくうなのだ

まっ昼間に湯につかっていると
外で働く人の声が聞こえてくる
なんだか裸を見られるように恥ずかしい

いつかまた戦争になったら
まちがいなく非国民と呼ばれるだろうな

そのときには恥ずかしがらずに
非国民として堂々と病気をさらけだそう
昼に風呂に入ったというだけで
日本軍か右翼に殺されそうになったら
すっ裸のまま逃げ出してやろう

月よ

もう満月をすぎたから
月の出はおそくなっています
月を待たずに寝るとしましょう

眠れなくてつらかったころは
月よ　あなたにずいぶんなぐさめてもらいました
真夜中のさえわたった月が好きです

月よ　眠るわたしにひそかに
うたうべきことばを注ぎ込んでくれましたね
だから昼になっても月を思うのです

月よ　今ごろはヒマラヤを照らし終えて
サハラ砂漠を　グリーンランドの雪原を
ほのかに輝かせているのでしょう
夜露にさらされた難民たちをいたわり
内線の最前線の兵士に語りかけ
世界じゅうの苦しみと嘆きと希望を見ながら
夜のくにぐにをめぐってゆくのですね

月よ　もう二週間すれば
新しくなったあなたにまた会えますね

悲しい月

寒い夜の道のむこうに
細い赤っぽい月が横たわっている
いまにも血のような涙をしたたらせそうにして

せっかくまた会えたのに
どうしたのですか
この暗い世界をめぐると
こらえきれないほどの悲しみに出会うのでしょうね
あなたの涙をぬぐえないことを

どうかゆるしてください

月はまた新しい悲しみにむかって
空のむこうへ消えていった
自分だけの悲しみにおぼれているわたしを残して

まなざし

教会へ行こうと思ったのに
きゅうに動けなくなった
倒れるようにもういちど眠ると
夢のなかで友だちが足をもんでくれて
それから深い眠りにおちたんだった

気がつけば夕方
すっかりさわやかになっている
いま内面をよく見ると心はすこやかだ
あの異常な苦しみはどこへいったのだろう
なにかとてもひろびろと
大きなまなざしにつつまれている気がする

なめくじ

なめくじだって　堂々と生きている
見よ　ぬめぬめと
このふてぶてしい生きかたを

よもぎのおじや

残りもので　おじやを作りはじめた
具が少なすぎて哀れなので
よもぎをつみに外へ出た
家の横のよもぎはもう新芽を出している
感謝してよもぎをなでてから
やわらかな芽をつみとっていく
かがみこんだ顔の真ん前に水仙が咲いている

よもぎをいれると
おじやはほんのりにがく　おいしくなった
これこそ春の味
春はどうして　にがいのだろう

わたしの人生の春も
失恋して悩みながら放浪して　じつににがかった
もういちど人生の春がめぐってこようとしている
わたしもほろにがいうたをうたって
出会うはずのだれかに向かう芽を
しずかにはぐくもう

春を呼びよせる鳥たちよ

ほんのすこしだけ暖かな朝
山鳩が近くで鳴きだした
こんなくもった朝なのに
節分がきたのを知っているのかい

山鳩は山鳩のうたをうたい
カラスはカラスのうたをうたい
名まえを知らない鳥たちも
それぞれ自分のうたをうたっている

春をうたう鳥たちよ
春を呼びよせる鳥たちよ

くりかえし　くりかえし　ただひとつのうたを
うたうきみたちには迷いもうそもない

そして春がめぐってくる

わたしにもうたがあるかぎり
ほがらかな春がきっとめぐってくるよ

天使

天使のつばさをもっているあなたは
空に羽ばたくことができません
苦しみだらけの地上にいたいという
祈りが天に届いたから

遺書

時代が変わろうとしているから
詩人のわたしはいつ殺されるかもしれません
その覚悟で詩を書いています
この詩集がわたしの遺書です

けれど　あなたがたは
なんとしても生きのびてください
そしてうたいつづけてください
こっそりと　でも　のびやかに
殺されたおおぜいの人たちにも聞こえるように

光のまちへ

（山口県光市）

土がない

せっかく鍬とスコップをもって引っ越してきたのに
アパートのまわりはアスファルトで固められ
野菜の切れはしを埋めるだけの土さえない

手入れされた公園の花壇はあるけれど
草が皆殺しにされた恐ろしさに耐えられない
わたしまで庭木みたいに刈り込まれていくようで
恐ろしくて外に出られない
カーテンを下ろしたままの部屋に昼はひそんでいて
夜にこそこそと食べ物を買いに行く

こうして閉じこもりの生活が始まった

白い空

晴れているはずなのに空は白く
おぼろ月のような無気味な太陽
春の光が降ってくるのを待ちわびていたのに
細かな灰色の粉が降ってくる
世界を沈ませるように

空がこわくていよいよ買い物にも出られない
洗濯物は家の中に干す
大陸の砂漠の砂が飛んできているのですよと
冷静に説明してくれた人がいたけれど
みどりの星がどんどん砂漠になっていく
白い空はそのしるし
こんな春は初めてだ

これからも　もっと恐ろしいことが
いくつもいくつも起こるのだろう
そうして地球は変わってしまうのだろう

来年の春は

無気味な白い空の下
花がつぎつぎと咲いていく
春だよ　やっぱり春なんだ

でも来年は
花が咲くだろうか

こころの耳

朝　小鳥の声を聞いていると
エンジンをかける音にさえぎられる
まえはこれほどいやな音だと感じなかったのに
自分がクルマを使わなくなったとたん
こころの耳が変わったんだ

ああ　なんて身勝手なんだろう
しずかさという音楽を
かき乱して聞きのがしていながら
世界にも自分にも悪いことをしていると気づきもせず
それでよくまあ詩を書いていたものだ

地震

地球はもともと動くものです
山脈はゆっくりせり上がり
大陸はもっとゆっくり移動します

二日ほど前からそんな気配がして横たわって待っていたら
ああ動きだした　動いてる　動いてる
いきいきと揺れ動く大地に身をゆだねていましょう
地球とともに揺れ動いていると
わたしも奥深く目覚めて躍動しはじめました
一周四万キロメートルの星のごく一部が
ほんの何十センチか動いただけじゃないですか

地球とはそういうものだと「科学」は知っているくせに
固いものほど壊れやすいのを知らないのですか
被害がでたなどと騒がずに柔らかくなりなさい！

ゆうべもまた気配がしてたら夜明けにずしりときました
でも超能力なんかではありませんよ
ただ地球の声を聞きながら
柔らかく生きようとしているだけのことです
脳を病むことによって　かろうじてね

これが空だよ

雨のあと北風になって
水色の空が戻ってきた
だんだん青くなっていく
うれしくて外に出てみたら
トンビが舞っている
太陽が照っている
これが空だよ
ではきのうまで頭上にかぶさっていたのは
いったい何なんだ

夕暮れの木のように

夕暮れには木がみんな黙りこんで
人間が作りだした音がごうごうと低くうなっている
人の営みはこんなにいやらしく濁った音をたてるんだな
それならこうして動けないで倒れているのはいいことなんだ
わたしのなかで鳴り響く音楽をよく聴くには
この夕暮れの木のようであればいいんだなあ

花の湖

満開の桜のなかをゆくうちに
上と下とがわからなくなって
花咲く大空の湖に
吸い込まれて　ただよいはじめました

花の湖はゆらゆら揺らいで
わたしだと思っていたものが沈んでゆきました
湖の底に半月が待ち受けています

家の鍵をにぎりしめてみても

ちがう　ちがう　そんなところへ帰るもんですか
遠ざかっていく世の人たちにさよならを告げましょう

花の湖の底深く眠っていると
たくさんの笑い声に起こされてしまいました
キリストが冗談を言っているのです
「天国へ行くのはそんなに簡単じゃありません
わたしよりも悪者でなくてはなりません
悪いことをするために世界へ戻ってください」

春の夜の雨

おだやかに降る
春の夜の雨よ

いつのまにどうして
この雨のようなうたがあふれるようになったのだろう
むかしのわたしは吹雪や暴風雨そのものだったのに

精神病はかっこよく

眠れない夜
ひそかなうたごえがこころに響いてくると
ふとんのうえにすかさず身を起こす

小さな音でギターをひいて
しずかにうたっては
楽譜とことばを書きつける

こうして作品がまたひとつうまれるのだ
これが精神病のわたしの姿だなんて
なかなかかっこいいぞ

うれしい買い物

おもいきって外へ出ました
ふわふわするけど歩けます
坂道を下っていって
野菜をたくさん買いました

そう　買い物に行けなかったあいだは
野菜がたりなくて　からだによくないと思っていたのです

だから買い物ができるほどに回復したのがうれしくて
帰りの登り坂も
ゆったりと歩いて帰ってきました

たったそれだけのことがほんとうにうれしくて
お祝いに野菜をいっぱい入れた鍋ものを作って食べました

原発で死ぬ

原発で
海死ぬ
魚死ぬ
人も死ぬ

むかしどこかで見た立て札の
このことばが忘れられない

おだやかな瀬戸内海のすぐそこの半島に
また原発が作られようとしている
地震か事故が起きたら
この一帯はチェルノブイリのようになり
ヒロシマにふたたび放射能が降り
海も魚も人も死ぬだろう
逃げのびようとしても無理だろうから
その日には教会に集まって
死んでいく人を看取って祈りながら自分も死ぬのだろうか

そして原発だけは死なないで
毒の吐息を何万年も吐きつづける
生きものが死に絶えたあとまでも

夜明け

眠れないまま
夜明けはもうすぐだ

じっとこころを澄ませば聞こえてくる
あなたはまちがっている　そのことに気づきなさいと

でも何がまちがっているのか
その先がなかなか聞こえない

ずいぶんたって気がついた
ここに住んでいたら生命力がしぼんでいく
アスファルトで囲まれた新建材のへやはいやだ
土と草のにおいと潮風をおもいっきり吸いたい
木でできた古い家に住みたい

そしたらたちまち願いはかなった
起きあがってさあ引っ越しだ

もういちど松本に

（長野県松本市）

なぜ詩が書けなかったのか

なぜ詩が書けなかったのか
山口県の大島で
教会のとなりの古い家を借りて
一年たらずすごしたあいだに
アジをたくさん釣って食べたり
牧師さんや教会の仲間と楽しくすごしたことを

いったいなぜだろう
しあわせすぎると書けないのか
そしてなんの前ぶれもなく
とつぜんうたがあふれてくるのだ

くらしが　うたであるような
うたが　くらしであるような
そんな生きかたをいつもしていたいのに

もういちど松本に

瀬戸内海の島をあとにして
よろよろと
なつかしいこのまちに戻ってきた
青春をはげしくすごしたこの土地に来れば

もういちど元気が出て
重苦しい精神病を吹き飛ばせるかもしれない
そう願ったから

せりあがる山々や道ばたの草花から
力がわたしに流れこんでくる

それなのに
外へ出かけるのが　だるくてだるくてたまらない
どうしてなんだ
元気よ湧き起こってこい

やるせない思いで横たわっている

冬がこわい

まだ四月で　引っ越してきたばかりなのに
もう冬のことを心配している

部屋の中も氷点下になる
トイレの水は凍らないように一晩中チョロチョロ流しておく
洗濯機は吹きさらしの北側の廊下にある
そんな冬の暮らしは　若かったころでもつらかった
弱りきった今では耐えられそうにない

あすのことは心配するなと聖書には書いてある
どうせ今日を生きるだけでやっとじゃないか
すごしやすい夏が過ぎて　秋風が吹いたら
逃れる道か　耐える力かが　与えられるだろう
そう簡単に死にはしないぞ

行き詰まったときはいつも
思いもよらなかったほうに道が開けてきたものだ
こんどもきっと開けてくれ

まっすぐなキュウリ

キュウリを買ってきたら
五本もそろってまっすぐだ

キュウリたちよ
おまえたちほんとうは

たくましくひん曲がって育ちたかったのじゃないか
それをむりやり
良い子ちゃんみたいにまっすぐに育てられて
内側にひずみをいっぱい　ためこんでいるのだろう

わたしもなんだよ
子どものころ　良い子ちゃんを演じてきて
おとなになってから
ねじれが爆発して発病したんだ

きのどくなキュウリたちをかじってみると
せいいっぱいの　せつない思いが
コリコリと伝わってきて悲しくなるよ

クスリを飲んで寝て

クスリを飲まないと眠れないのは哀れ　ではなく
クスリさえ飲めば眠れるのはありがたい
そう思うようにしよう
眠れない夜のつらさが減ってきて
ぐっすり寝た朝のうれしさに満たされる

起きてしばらくすると苦しくなるので
じたばたせずに安定剤を飲んで昼寝する
そして目覚めて　ほんのひとときの心地よさ
走ったり働いたりできそうな気がするよ
この感じがずっとつづいて　ほんとうによくなりたい

残雪の山々

残雪の山々を見上げ
また登れるようになりたいと思う
この美しい願いはもちつづけたい
不可能に近いことだけれども

脱　皮

今はじっと横たわっているけれど
いつの日にか
ちいさくなった皮をめりめりと脱いで
精神病から解放されて自由になる

そんなときがきっと来る希望をもっている
ちいさくなった皮というのは
ちいさくなった自分のこころではないのか

たんぽぽの綿毛

空き地にいっぱい咲いていたたんぽぽが
いっぱいの綿毛になった

風が吹けば　さっと空へ飛びたつ
行く先はだれも知らないけど
さあ　行っておいで
わたしも飛びたつよ

ひとりでいるのに

ひとりでいることに
かわりはないのに
さびしさが消えた
ここ数日のあいだのふしぎなできごと

ひとりでベッドに横たわっていながら
たいせつな人たちとつながっている
脳を病む仲間がいる
わたしのために祈ってくれる友がいる

ひとりで詩を書いている今
いつかこれを読んでくれるかたがいる
そう思っただけで
力がずんずん湧いてくる

ひとりでいるようで
さびしがる理由がおのずと消え失せて
かわりにおおぜいの人たちの
うたごえが聞こえてくる

カエル

水が入ったばかりの夜の田んぼで
カエルがしきりに鳴いている
いったいどうやって卵は冬を越し

どこでオタマジャクシで暮らして
昨日まで水のなかった田んぼに
どんなふうにしてやって来たのかい
田植えもされていないのに
ここが昔からの我が家だと言わんばかりに
じゃくじゃく
じゃくじゃく
落ち着きはらった声で鳴いている
たくましいきみたちよ

ちいさな自殺

いちにちじゅう部屋にこもって
何もせず　だれとも会わないでいると
今日をわたしはほんとうに生きたのだろうか
いちにちぶんだけ自殺したのではなかろうか

このような毎日をかさねていくうちに
しぜんに死をむかえる日がくるなんていやだ

今日もほんとうに生きたとは思えない
ふとんのなかで震えているだけで
むざむざと過ごしてしまったこの日
ちいさな自殺をしてしまった

あしたは生きたい
ひとりで転がりながらも

楽観は意志

悲観は　気分
楽観は　意志

さびしくてたまらず妹に電話したら
こんなことばをくれた

悲観は　気分
楽観は　意志

そのとおりだ
病気で動けないでいると
気分は悲観のほうへどんどん流れていく

病気の現実のただなかでは
ほほえむだけでも強いエネルギーが必要だ
なおるかどうかもわからないまま
未来を楽観するのはむずかしい
それをやるのだ
修行だな

ぜいたくな散歩

ハルゼミがしきりに鳴いて
森じゅうにひびきわたっている

ういういしい新緑がゆれる
その上にはあかるく青い空

草に寝っころがると
セミの声と緑と青に染まっていくようだ

世間の人たちは働いているのに
わたしはこんなぜいたくな散歩を楽しんでいる

なんだかふとそれがさびしくなって
いそいで帰ってきてしまった

自分のそのまんまを受け入れられないなんて
なさけないぞ
わたしにはぜいたくな散歩がゆるされているのだ
病気だろうと人生を楽しめよ

この世界がいやだ

まえは瀬戸内海の島がいやになって
松本に逃げてきた
こんどは松本なんかいやだ
はやくほかのところに住みたい

そう願ってから気づかされた
ほんとうはこの世界がいやなんだ
どこまで逃げても
いごこちのいいところなど　ありはしない
この世界を好きになれそうにもない
まったくなじみのない世の中

しかしわたしが今いるところ
ここが地球の真ん中だ
なぜ　すみっこへ　すみっこへと　急ごうとするのか

死んでからの天国なんて待ち望まないぞ
天国は　いまこの場を離れてはありえないから

夜に歩けば

冷えた夜風のなかを
さっさっと歩いてゆけば
からだがほてってくる
こころがあたたまってくる

赤い実

ちいさな木に
ちいさな赤い実
かがみこんだら
目とおなじ高さになった
赤い実を見つめている
見つめあっている

インドへ行く

ストレスは精神病によくない
それなのに
ストレスだらけのインドへ行く
自分がどうなるか
病気がどうなるか
ためしてやろう
もしかしたら
おだやかな旅になるかもしれない
大いなるかたに守ってもらっていることが
きっとはっきりわかるだろう
そしたら日本へ帰っても
守られている実感は続くだろう
これから先
世の中がどうなっていこうとも

詩を書くことだけが

病気がなおらないから
はたおりを教えることも
ほかの仕事につくこともできない
いよいよ
たったひとすじ
詩を書くことだけがわたしの仕事となる
生きる力となる

日なたぼっこ

朝はあんなに寒かったのに
窓から日ざしがいっぱいふりそそぐ
その日なたで　うっとりするうちに
夕ぐれがやってきた
暖かさのなごりがそっと消えていく
きょうの日も
そっと消えていく

にぼし

山に囲まれた町に住んで
海が恋しくてならない
にぼしをぼりぼりかじっては
からだのなかに　ほんのかすかに
潮の流れを感じている
でもやっぱり
ほんとうの海で釣りをしたいな
海の音と　海のにおいが
恋しくてならないよ

稲とわたし

なにもしないでいるうちに
田植えがすんで
稲はぐんぐん育っていった

やっと歩く気力が戻ってきて
稲刈りの終わった田んぼの道を
さわやかな風をすって歩いている

稲はごはんになるけれど
わたしはただ　ごはんを食べて
詩のほかは　なにひとつ生みださない

冬を待ちうける

山はすっかり白くなった
まだ十月なのに
冬が走ってきた
冬の寒さを恐れていたけれど
ひきしまった初冬の感じが
うれしくてならない

へやの温度計を見ると
毎朝着実に一度づつ下がっていく
それもまたうれしい
よろこんで冬を待ちうけている

夜の雪

夜の雪はうつくしい
帰るへやと
食べものがあるから

しかし
帰るところがなかったころは
わたしの姿までもが
雪の風景になっていたようだ

雪がとけたら

雪がとけたら
その下に
緑の葉っぱが生きていた
わたしの病気の下にも
緑のいのちが時を待っている

早春の光

早春の光が
窓の霜を溶かす
こわばったものをみんな溶かしていく

はんてん

友だちの形見の　はんてん
病気が重かったころ
これを着て道路に倒れていて
救急車で運ばれた

今もまた　はんてんを着て
まるまっていたけれど
さっと　はんてんを脱いで
窓に歩みよる
外の世界が明るい
さあ
外へ出かけよう

北極星

きりりと冷えこんできた
北極星にむかって
暗い道をずんずん歩く

ゆきどけ

あかるい空の下
屋根に残った雪がかがやいて
雪どけのしずくが光りながら落ちる
わたしのこころの根雪が消えてゆく

ヒメオドリコソウ

むらさき色の葉っぱに
むらさき色のちいさな花
背のたけ十センチほどの
つつましい花
タンポポと寄りそうように
仲よさそうに咲いている

ところがどうだ
去年の春は
この花に目がとまらなかった
死ぬことばかり考えていて
こんな美しい花が見えなかったのだ
そうだ　見えていなかった
こんなに美しい世界が

「正義の国」のしでかしたこと

イラクに行って
アメリカ軍の爆撃をかいくぐって
帰ってきた人が
写真を見せて語ってくれた

おおぜいの人が殺されている
爆弾の破片がいくつも突き刺さって
重傷を負った人たちが　もっとおおぜいいる
子どもたちもいる

ラジオだけではほんとうのことは伝わってこなかった
大量破壊兵器を世界一たくさん持つ
「正義の国」のしでかしたこと

ブッシュのうしろで小泉がしっぽを振っている
そのまたうしろに　わたしがいるのがくやしい

ひたむきなカエル

カエルの声がいとおしい
カエルはひたむきに鳴いている
わずかの迷いもなく鳴いている

やがて農薬を流しこまれて
苦しんで死んでいく
そのさいごまでひたむきなのだろう

友　に

苦しくなったらいつも
すぐに電話をかけてしまいます

あなたの声を聞くと
それだけでやすらぐのです
あなたはわたしのことを
だれよりもよく知っています
しばしばわたし自身よりも
しかしそんな友に依存してばかりではよくありませんね

ふんわりと弱く

春はほんのひとときで
冬から夏に
とつぜん季節は変わった
冬のあいだ　ひきしまっていた
からだも　気もちも
ぐんにゃりと弱ってしまった

沖縄はもっと暑かった
暑い沖縄にいるうちに
わたしは弱りはじめた

山口県はここちよかった
それなのに　外出できなくなり
さらに弱ってしまった

そして　弱りきった
どうにもしようのない
いまのわたしがここにいる

そんなわたしが
夕暮れ時　散歩に出かけると
綿毛になったタンポポが
田んぼの土手いちめんに
ふんわりと
飛びたつときを待っている

そうだ　わたしも
どうせ弱いのなら
ぐんにゃりではなく
ふんわりとなろう

いちばん弱っている今こそ
あらゆる力から自由になって
ふんわりと生きよう

あらゆる悩みから自由になって
ふんわりと
ときを待っていよう

とつぜん山に

とつぜん山に
登る気力がわいてきた

七月三十一日　北アルプスの焼岳
八月一日　乗鞍岳
八月十日　八ヶ岳連峰の天狗岳
八月二十三日　たてしな山

次々と登れてうれしくてたまらない
もう登れない　青春の思い出だとばかり
あきらめていたのに

でも気力だけで　体力がついていかない
太ったからだが重たい
のろのろと登っては　休み　また休み
それでも頂上にたどり着き
喜びに満ちたりて
無事にふもとへ下りきる

しあわせでいっぱいだ

一月のたんぽぽ

一月の風は冷たくて痛い
その風のなか
田んぼの土手に弱い陽ざしを受けて
たんぽぽがただひとつ咲いている

地面にぴったりとはりついた花に
そっと顔を近づけてみると
たんぽぽのほほえみがわたしにうつって
いつのまにか　ほほえんでいた

冷たくて痛い風のなか
花とふたりで
ほほえみあっていた

思い立って

昨日までずっと寝ていたのに
今日はからだがどうにか動く
ふと　思い立って
東京行きのバスに乗る
夜行の船に乗り継いで
八丈島に着いた

亜熱帯の風はやわらかい
のびのびとして
人に会いに行く

こんな離島にも
精神障害者の作業所が　ちゃんとある
訪ねていったら
仲間としてむかえてもらえた
同じ病気というだけのことで
この病気は人とわたしを結んでくれる

（八丈島）

ゆるやかな気候が

真冬の松本の寒さをのがれて
暖かな島に来てみた
やっぱりこんなゆるやかな気候が
わたしには　あっているなあ
暖かな土地にひっこそうか
どこがいいだろう
いろいろ見に行こう

（八丈島）

旅とうた

とつぜん旅に出てよかった
とつぜん
うたがあふれてきた
窓のない船底の船室で

（八丈島から東京への船中）

邪気のタバコ

食事をしていたら
となりの席からタバコがけむってくる
がまんならぬ

すみませんが
こちらに煙がこないように
吸っていただけませんか

そう言うとその人は
すぐにタバコを消してくれた

タバコそのものがいやなだけじゃない
煙といっしょに吐き出される
あなたのその邪気がいやなのだ
他人の邪気を吸わされてたまるか

（八丈島から東京への船中）

船をおりる

だれもいなくなった船室で
精神安定剤を二錠のんで
東京の満員電車の苦しみにそなえる
精神障害者だろうと
こうしてちゃんと旅くらいできるのだ

でも　ほんとうのことをいうと
雑踏がこわくて
ここ何年も東京に行けないでいた

さあ　船をおりて
東京へとびこむぞ

（東京）

わたし自身が親友だから

きょうも天気がよかったのに
一歩も外へ出られなかった
へやの窓からは山が見えない

でも青空と雲が見える
ながめているうちに日が暮れた

わたし自身をながめながら
一日がすぎていった
だれにも会わなかったけれど
すこしもさびしくなかった
わたし自身が親友だから

春がきた

二月にいきなり春がきた
この空気のやわらかさよ
とってもらくに呼吸ができる
川岸を歩けば
せせらぎの音までやわらかい
ベンチに寝そべれば
晴れわたった青い空
白くかがやく北アルプス
ちいさな羽虫がいっぱい舞っている
からだもこころも　とろけそうだ

きびしい冬をよく耐えてきたものだ
このようにして　いつか
精神病をよく耐えてきたものだと
はればれと言える日がきてほしいなあ

わたしのカルテ

松本に来てすぐ
自殺への思いにとらわれて苦しんだ
それは薬の副作用じゃないかと友だちが教えてくれた
医者をかえて　薬をかえてもらったら
自殺への思いはきれいに消えた
なんて恐ろしい薬を飲まされたのだろう

脳の中の化学物質のちょっとしたことで
死にたくなったり
ウツがおもくなったり　かるくなったりする
ただそれだけのことなんだ

脳は自然治癒力と薬の助けによって

心は友だちによって
魂はキリストによって
すこやかになっていく

いまのわたしにいちばん欠けているのは自然治癒力だ
旅をすれば 恋をすれば 自然治癒力はおのずとたかまる
さあ　旅に出よう　山に登ろう
片思いでも恋をしよう
いのちが躍動しだすと　病気は確実にらくになるから

嵐

重苦しく雲がたちこめて
南風が吹き荒れる
雨がたたきつけてくる

大空が怒りに震えている
自滅しようとするわたしたち人間の姿を見てか

長い冬を越えて

また冬が戻ってきた
なんて長い冬なんだろう
咲きはじめた梅の花に雪がつもった
夜道を歩くと寒さに締めつけられる
月が凍っているようだ

この厳しさも　あともう一カ月
教会の暦では　いまはレントの最中だ
寒さのなかで自分と向きあい
しずかに神と向きあうときが今だ
そして春のおとずれとともに
よろこびの復活祭をむかえよう

第三章

甲羅をかついで

甲羅をかついで

精神病院で聖書を読むと
ことばがびりびり心に響く

寝たきりの人にキリストは
寝床をかついで歩けと言う
寝床を捨てよとは言わない

さあ　甲羅をかついで
のそのそ這いずっていこう
疲れたら甲羅にもぐろう

精神病という重い甲羅は
必要だから与えられたのだ
再入院してせつにそう思う

病気は一生治らなくても
歓びに満ちて這いずろう
これがキリストの癒やしだ

２０１９年１月21日未明　京都市いわくら病院にて

宝の箱

宝の箱

平和の主《しゅ》が
宝の箱に恋文を添えて
招き入れてくださった
人々の生きる広い世界に

聖書は恋文
精神病は宝の箱
この世界は神の国

宝の箱を開いてみれば
うたがほとばしり出てきて
ほがらかに哀切に響き渡る

病気の意味は

鬱の波が襲ってくる
不安の波が襲ってくる
繰り返しいつまでも襲いかかってくる

精神病だから　しかたがないのか
そうでないように思えてきた
病気にもきっと意味がある

苦しんでいる人たちの
悲痛な叫びが胸に届いて
共感して苦しくなるんじゃないか

世界中の数えきれない人たちの
苦しみと悲しみと飢えと憤りがわたしを襲う
友だちが生活に困っているのも知っている

そんな中で病気に呑みこまれていたくない
身を起こして小さなことから何かを始めよう
そこにこそ病気の意味が見いだせる

困ることはない

ベッドから動けない
あきらめて寝ていよう

ご飯を作れない
弁当を届けてもらおう

風呂に入れない
砂漠にいると思おう

トイレにだけは行く
こうして生きている

何も困ることはない

朝を迎える

朝遅く目を覚まし
厚いカーテンを開けて
明るい光を浴びる

しかしまたすぐ
カーテンを閉めてしまう
何もしたくない

希望の光をみずから閉ざす
これがわたしの朝だなんて

それでもそれでも
たとえこんな朝であろうと
生きて朝を迎えたのだ

精神病の達人に

百人に一人がかかる病気に
せっかく選ばれたのだから
その道の達人になりたい
しあわせな病人でありたい
ほがらかに病気を生きたい

修行は一生涯続く

脳の病気

わたしの精神病は
心の病気ではなく
脳の病気です

脳は病気でも
心はすこやかです

恋をします
詩を書きます
絵のような機織りをします
友と語らい笑います
そして静かに祈ります

脳の病気はつらいけれど

うぐいす

目が覚めたら昼だった
よく晴れた春の昼さがり

そうだ　洗濯しなければ
でもベッドから動けない

やっとのことで干せたのは
もう夕方近かった

うぐいすが鳴いている
よしよしそれでええねんと

だいじょうぶよ

今夜は躁状態
ヒンディー語が頭で暴れて
黙れ言うてもあかん

夜更かしの友に電話する
どないしょう眠られへん

かめちゃんだいじょうぶよ
まだ12時やん眠れるわー
おっとりした言葉に安らぐ

3時になっても眠られへん
魔法の言葉唱えよか
かめちゃんだいじょうぶよ
かめちゃんだいじょうぶよ
ほら眠くなってきた

満月とともに

薬を飲んでも眠れないから
窓のカーテンを開けてみた
みごとな満月が照っている

美しい月に気づくことなく
眠れず悶々としていたのか
満月とともに起きていよう

至福の幻覚

薬を飲んで寝ようとしたら
暖かな何かがやって来て
胸の奥深くにとどまった

だれかが想ってくれている
いったいだれだろう

この至福を抱きしめよう
幻覚なら治療しないでくれ

毒を飲んで寝たくない

薬という名の毒を
今夜も飲んで寝るのか
いやだ飲みたくない

いちどにやめるのは難しい
まずは一錠から始めよう
依存性のある薬を断つ

寝不足になっても負けない
くらくらしても負けない
今夜一錠薬を断つ

治癒力

不安定になっても
薬を飲まないでいたら
脳が脳を自分で調整して
そのうち平気になった
これが大自然の治癒力だ
もう薬でスポイルするなよ

夢を作り変える

ドイツで列車に乗ってると
英仏連合軍の空爆を受ける
殺される‼

薬を抜いたゆえの悪夢だ
夢を作り変えよう
眠りながらそう思った

チリからの国際列車の中
こんどは空爆を受けない
夢の中でスペイン語で叫ぶ
「エルプエブロ　ウニド
ハマーセラーベンシード」
（人民連合
絶対に負けないぞ）
アジェンデ大統領の
大きな手とがっちり握手

こんなステキな夢になって
朝までぐっすり眠った

早春の山里で

雪深い飛騨の山里の民宿で
精神病の療養をしている

家庭料理をいただいて
夜の薬を飲むころに
雨がやさしく降りだした

雪ではなく雨

ここにも春が
そっとやってきた
春よ　来ておくれ
55歳を迎えるわたしにも

すてきな民宿入院

懐かしい海辺の民宿に来た
愛媛の海は穏やかで優しい
夕食はアジの開き
潮風呂にゆっくり浸かろう
潮風を吸って波音を聴いて
そうするうちに元気になる
すてきな民宿入院
精神病院の百万倍いい

いびきは子守唄

この精神病院は最高だ
温泉宿以上に居心地いい
ただひとつ困るのは
同室の人のすごい大いびき
父ちゃんの夢を見た
隣のいびきを聞きながら
父のいびきもすごかった
暖かな思い出がよみがえる
そしたら隣の大いびきが
子守唄のように思えてきた
退院したら静かすぎる夜が
きっとさびしいだろう

虫たちの讃美歌

台風が通り過ぎたら
秋の虫たちが歌いはじめた

精神病院で聴く讃美歌だ
わたしもうたおう病床で

まきばから荒野《あらの》へ

この病院は明るいまきば
至れり尽くせり放牧されて
なに不自由なくここちよい

病気が重かったあいだは
ここに保護され休養して
おかげでずいぶん回復した

だがわたしは羊ではない
元気になったらすぐに
荒野のただ中へ退院しよう

導きにゆだねて退院したら
荒野にはそよ風が吹き
友の花が咲いて待っていた

訪問看護

躁状態です看護師さん
訪問看護に来てください

駆けつけてくれるまでに
自作の楽譜を手直しする

病苦を訴えるのでなく
歌を聴いていただきたい

すてきな女性のあなたに
真心込めてささげます

患者を看るようにではなく
心から聴いてくださった

このような交わりこそが
すこやかさの源なのです

わたしはなめくじ

看護師さんが詩集を読んで
なめくじが良かったと言う

なめくじだって
堂々と生きている
見よ　ぬめぬめと
このふてぶてしく
真摯なる生きかたを

そうだ　堂々と
ぬめぬめとふてぶてしく
真摯に生きていこう

生活保護と毒クラゲ

詩集が売れて食えるなんて
夢のまた夢の話
どうやって食いつなごうか

エラソーな詩を書くくせに
精神病がしんどくて
人さま並みに労働できない

飢え死にするまえに
生活保護を申請しよう
これは人生の敗北か

ちがう
プロの精神障害者として
自他共に認めるのだ

税金で養っていただく
これがほんとの親方日の丸
でも親方に服従はしないぞ

なりふり構わず生き抜こう
うみがめだって
毒クラゲを食って生きる

オンボロどうし

オンボロどうし

あなたは島の軽トラ
わたしはネパールのバス
ゆっくりゆっくり
オンボロどうし

瀬戸内海の島の軽トラは
収穫したミカンを積んで
きらきら光る海に向かって
狭くて急な農道をくだる

ネパールの村を巡るバスは
人と荷物とヤギと鶏を
屋根にまで満載して
ヒマラヤを背に悪路を登る

仲よく並んで時速30キロで
名神高速走ってみたいね
あはははうしろは大渋滞
みんなでゆっくり行こうよ

友がいてくれる

数日ぶりに正気に戻って
出前を頼んで
数日ぶりに食事をした

それまでのあいだ
友と電話で結ばれていた
正気でなかったわたしを
友はやさしく包んでくれた

そうでなければ
救急車で入院だったろう

友よ　ありがとう
わたしには友がいてくれる
苦しいときもいつも

人を見守る

病気して　ひとり
死ぬときも　ひとり
だれが見守ってくれるのか

かめよあなたこそが人を
見守るのです

涙と春風

晴れわたった春の空のもと
友と川べりの芝生にすわる
つらい胸の内を聴く
友のほほに涙が光る

春風が涙を乾かしてくれた

傾聴し過ぎないように

友から重たい電話が来た
聴くうちにわたしまで
重たくなりかけた

おっと　これではいけない
傾聴も度を越すと
傾き過ぎて倒れてしまう

思いを共有しながらも
あなたはあなた
わたしはわたし
それぞれに
すっくと自立していたい

アウタコタンを超えて

70年目のヒロシマの日の朝
父ちゃんはアウタコタンへ
出かけてしまった

アウタコタンはアイヌ語で
隣村つまり死者の行く先

天国も極楽浄土も遠すぎる
隣村だと簡単に行けていい

しかし父ちゃんはそこに
とどまっている人ではない
きっと旅に出るだろう
体を脱ぎ捨て身軽になって
母ちゃんと手を取りあって
天国も極楽浄土も飛び超え
銀河系宇宙の壮大な旅に

夢で語り聞かせてほしい
その旅の話を

一番星

明石海峡へ夕涼みに来た
防波堤に寝転ぶと涼しい風
水平線上の雲に夕陽が沈む
波はほとんどない
あちこちの海を見てきたが
この瀬戸内海が最も好きだ
若い母のような潮風の中で
無防備な赤ん坊に還りゆく

海に向かって母ちゃーん
ここやでと一番星が光る

母ちゃんが怒ったとき

自衛隊への応募ハガキを
子どものとき持ち帰った

優しい母ちゃんが激怒した

今日はなんの日や？
憲法記念日やで
日本は二度と戦争しません
軍隊をもちません
憲法にそない書いたある
自衛隊は軍隊や

人殺す鉄砲持ってるやろ
絶対に人殺したらあかん
鉄砲持つだけでもあかん
うちも殺されかけたんや

母ちゃんは泣きながら
ハガキを破り捨てた

妹への恋うた

あなたがつらいとき
そっと抱きよせたくなる

あなたを恋人のように
思っているから

しかし会ったらいつも
でぶーと言いあって遊ぶ

扉を打ち叩け

沖縄慰霊の日には
霊的にひどく重苦しくなる
妹いのこちゃんに伝えたら
こんな言葉をくれた

「今日はきっと
風になれなかった人たちが
今もここにいるぞと
扉を叩いて叫んでるんや」

そうや　世界中で叫んでる
いのこちゃん聞こえるやろ
苦しみ悲しみ怒りの絶叫や
安倍晋三もトランプも聞け

血まみれのこぶしで
扉を打ち叩き続けて
平和な世界への重い扉は
いったいいつ開くのか

滅んで初めて

開票速報を見て妹が言う
戦争して原発爆発して
滅んで初めて皆わかるんや

日本人はそんなにも愚かか
戦争して原発爆発して
一度ならず滅んだのに
まだ足りないと言うのか

目先の銭を愛するがために

いつかきっとね

「滅んで初めて」の詩に
友が返信をくれた
虚しくても　振り回されず
地道に行きましょう!と

ほんまにそやね

あなたはあなたの仕事を
わたしはわたしの詩作を
こつこつと続けましょう

そのちいさな積みかさねが
必ずや世界を動かします

いつか　きっと　ね

選挙権がない友よ

選挙権がなくてもと
教会で祈った友は韓国人
投票できなくても胸を張る
できることがあるからと

平和に　しあわせに
生きていくために

友よ
しずかに　やさしく
たたかっていこう

虹のような友に

病床にある詩人の友よ
役に立たない美しさを
認める人は少ない

だがあなたはその道を行く
深い森に咲く花のように

いつか人もあなたを認める
虹を見上げ讃えるように

詩人の友よ

あなたは天才彫刻家
人々が仰ぐオブジェを創る
わたしは工芸職人
人々が常用する家具を作る

あなたの魔球は
バッターを震えあがらす
わたしは読者と
キャッチボールを楽しむ

それぞれの役割を担って
尊敬しあいつつ共に行こう

尖らない爪

「尖らないこの爪に
願いをかけて」

この言葉をよくぞ書けたね

昔あなたは尖った爪で
みずからを傷つけ
血をしたたらせていた

しかし今や尖らない爪で

願いをたぐり寄せる
しあわせをたぐり寄せる
みずからをも
だれをも傷つけることなく

やわらかな掌

「やわらかな掌に触れた」
苦しみの底で歌うあなたの
これぞ救いの体験
癒やされるとはこのこと
キリストに触れたあなたは
福音を歌ったのだ
それぞれの道を行くうちに
二人の道はここで交わった

福音の手織り

かめちゃーん
楽しーい
うつ病ののぶりんが
織りながら声をあげる
うつ病はどこへ行った

なあのぶりん
かめも楽しいわー

好きな色の糸を選んで
自分らしく自由に織る
お手本はないし
先生もいない
何をやっても失敗じゃない
だからこんなに楽しいのだ

わたしがわたしであること
それを表現するのは
天才芸術家の特権ではない

才能はすべての人にある
だれにでもできるからこそ
この手織りは福音だ

ありがたい話

ケースワーカーさんが
わたしの世話をして
病院から給料をもらって
給料でわたしの詩集を
買ってくださるという
世の中ってありがたいなあ

あなたのなかに

あなたのなかにキリストが
だからこんなにあたたかい

しあわせ

2時間の電話のあと
春風みたいに暖かで
秋風みたいに爽やかな
ここちよさに満たされて
寝るのがもったいなくて
夜中まで起きていた
しあわせって　このことか

あかりが灯った

昔こんな詩を書いた
誕生日
お寿司を届けてもらって
部屋でひとりで食べて
精神安定剤を飲む
悲しすぎるから没にしぃと

言う人もいたけれど
これは電気のマイナス極
最近の詩はプラス極
両方あって　あかりが灯る

凍えていた心の風景に
あかりがほんのり灯ったよ

ありがとう　魂の友よ

自称クリスチャン

自称クリスチャン

信仰　希望　愛
程遠い理想やなあ

不信仰を良しとして
煩悩をうたいながらも
希望だけは強くもっている

ただそれゆえに
クリスチャンと自称する

不信仰告白

信じる者は救われる？

信じるなんて
わたしにはできない

信じられないそのままで
わたしは救われている
すべての人とともに

心の貧しい我々は幸いだ
天の国はわたしたちのもの

まや

まや　という言葉は
ヒンディー語では
いつわり　まぼろし

しかし同じ言葉が
ネパール語では
愛情　いつくしみ

煩悩は悪か
人の美しいいとなみか

わたしは　まやを生きる
まやをたたえてうたう

彼岸花

彼岸花を赤く染めたのは
キリストの血潮だ

彼岸花は不吉
十字架は忌まわしい
精神病はかわいそう
人はこのように言うけれど

恵みは人目には美しくない

降誕祭に

きよらかな霊が降ってきた

教会に行けず寝ている
病めるわたしのために
粉雪のように　しんしんと
惜しげなく降りそそぐ

ついこのまえは死ぬことを
もやもや考えていたけれど
もう少し生きてみよう

きよらかな霊が降りそそぐ
わたしはきよめられていく

春　風

あなたは暖かな息吹き
わたしはたんぽぽ
風を受けて咲く
風はやさしく
たんぽぽを包んで歌う

春風よ
光をはこぶ息吹きよ

ささやかな礼拝

祈るように詩を書き
讃美歌を歌うように
機織りをする

立ち止まってごらん

走り続ける友よ
ふと
立ち止まってごらん

そのときいのちの声が
ひそやかに聞こえてくるよ

ふたりぼっち

ひとりぼっちに耐えきれず
電話しても誰も出てくれず
聖書を開いても慰められず
祈っても安らぎを得られず

ハッと気がつけばここに
キリストがおられる

キリストに触れられて

苦しくて何日も寝ていて
もうあかんと思った今

キリストが背中に触れて
癒やしてくださった

キリストの手の心地よさが
暖かく心にまで届いた

キリストの絶叫

激しい叫び声が聞こえる

十字架のキリストの絶叫が
わたしの心を突き破る

二千年前のキリストの叫び
それが世界をうち震わせる
わたしをうち震わせる

カプセルホテル

カプセルホテルに泊まる
冷房が効いてここちよい
自分だけ快適で安全だ

キリストはどこにおられる
ストリート・チルドレンや
ホームレスの人たちと共に

わたしも最底辺の人と共に
そう思いつつカプセルから
踏み出そうとしない

やーい　やーい

胃がんの疑いがあるので
胃カメラで診てもらう
がんだったらどうしよう
必ず告知してくださいと
堂々と言ったけれど
怖くてひどい便秘になった

大いなるかたに委ねるなど
いざとなったらできないよ
なんて弱虫だ
弱虫毛虫　はさんで捨てろ
やーい　やーい
わっはっは
笑いが出たらうんこも出た

恋人たちに

心の清い人たちは幸いだ
その人たちは神を見る

清いを英語の聖書では
pure と書いてある
clean とはちがう
clean は道徳
あなたがたが愛しあうのは
道徳では clean ではない
けれど pure だ
神さまは pure であることを
良しとなさる
pure なあなたがたは素敵だ
わたしも pure でありたい

人々の中に立ち

光を見ることなく
嘆きつつ歩き
人々の中に立ち
救いを求めて叫ぶ
—ヨブ記30章28節

苦しみのただ中のヨブよ
「人々の中に立ち」
これこそが光
これこそが救い
どんなに苦しくても
あなたはひとりじゃない
ここにもあなたの友がいる

信仰と体験

教え込まれた信仰など
魂を揺さぶらない

昔インドで出会った言葉
「真理は教えてもらえぬが
体験できる」

復活のキリストを今日
全身全霊で体験した

救いは枠の外に

血まみれの両手で抱かれて
キリストとひとつになった
大いなる救いの真っただ中

もはや枠に収まりきらない
宗教団体にも教条にも

両性具有の道祖神さん

歩く旅の道すがら
道祖神さんに合掌しては
天にましますの父母よ
そう祈ってきた

男女が寄り添う道祖神は
両性具有の全能者の姿だ
父と同時に母でもあるから
万物を創造できるのだ

キリスト教の父なる神は
男尊女卑の社会の産物
だからわたしは拒否する

クリスチャンの自戒

ぶ厚い聖書をまとめれば
神を愛せよ

自分を愛せよ
人を愛せよ
この3行になる
教会でそう教わった

もう1行を忘れていたぞ
神が創ったすべてを愛せよ

恐ろしいヒグマさえも
アイヌの人は畏敬する
そこに自然破壊はなかった
人間優位の傲慢もない
すべての存在は平等だ

自戒を含めて言う
クリスチャンよ謙虚になれ

魂を照らす

心の海の底深く
およそ光の届くはずのない
魂と呼ぶべき深淵に
神秘の光が輝いている
おお　照り輝いている
そのあまりの明るさに
自我の岩まで透きとおる

天は魂の奥底にあった

抵抗の讃美歌

ビクトル・ハラは歌う
虐殺されるみずからを
十字架にかさねあわせて

「きみの死は
多くのいのちをもたらす
うたいながら
種まきながら
恐怖に立ち向かい
わたしたちは勝利する」

わたしもうたおう
抵抗の讃美歌を
ビクトルとともに
苦しむ仲間たちとともに

ビクトルの名は
「勝利する者」

単純明快に

エウティコは窓に腰掛け
話を聞くうちに眠りこけ
三階から落ちて死んだが
生き返らせてもらった

ちっとも立派でないのに
聖書に名前まで載っている

命の書に名が記されるとは
こんな単純明快なこと

むずかしく考えないでねと
エウティコが寝ぼけ声で
言ってるじゃないか

ゆだねる祈り

弓と禅の話
自力を捨てない弟子のため
師匠は闇に矢を放つ
見えない的にあたった

あてるのではない
あたるのだ

信頼してゆだねるのが祈り
あてたいと願うことなく
闇に祈りの矢を放つ

求道《ぐどう》の旅

聖書は言う
「探し求めさえすれば
神を見いだせる」と

探し求めるのは苦しい道だ
凍死しそうになり
マラリアにかかって

そしてついに神に抱かれた
「わたしの中にいなさい」
キリストのこの一言で

やがて精神病になり
眠れない夜にふと気づく
キリストと歩む安らぎよ

けれど決して完結しない
求道の旅を一生続けよう
美しく自由にほがらかに

月にうたう

月にうたう

かつてとぼとぼ歩き続けた
真冬の月光の道を
炎天下の道を
苦しみのただ中でうたった

冷房の効いた部屋で
月を見て思う
きびしい放浪によく耐えた
今のくらしは安楽だ

月はわたしの歩んだ道を
すべて知っている
薬を飲んで寝るのを
見守ってくれている

だから月よ　わが道連れよ
心をこめて感謝をうたおう

ナナホシテントウ

早春の日ざしが暖かい
どこかに花がたった一輪
咲いてくれている気がする

川原へさがしに出かけたら
ヒメオドリコソウのつぼみ
寝転んで待てば花開くかな

花は結局咲かなかったけど
西陽を浴びながら
ナナホシテントウが一匹
枯れ草の先を歩いている

きみも春がうれしくて
這い出てきたんだね
食べるものはあるのかい

こんな小さな小さな虫の
わたしと対等の大いなる命

月と飛行機

夕暮れの海に半月が照る
旅客機よ月より高く飛ぶな
お月さまに失礼だろ
ほんとは月と飛行機は
大空を悠然と巡る仲間だ

月は人々に優しさを与えて
世界の人が同じ月を見て
なのに飛行機を使って戦う
アメリカ軍の爆撃機よ
イラクの上を飛ぶな！
沖縄の上を飛ぶな！

この明るい月を見ながら
いつか世界よ平和になれ

うねうね

フィジー諸島の言葉では
地震を「うねうね」と言う
ぐらぐらや　がたがたは
人間がこしらえた物の音

小屋でゴザ一枚で寝ると
地震はたかが「うねうね」
まさに原発の対極だ

地震が来ても
「うねうねが来たなあ」で
済ませる暮らしをしたい

河の歌を聴きたい

河の歌声が聞こえない
なんてよそよそしい河だ
河よなぜ沈黙する

何か歌って聴かせてくれよ
それともわたしの心の耳が
閉ざされているのか
自分に都合のいいことを
聞きたいと思っていまいか

もういちど河と向きあい
しずかに聴き入ってみよう

しずかに降る雨よ

しずかに降る雨よ
あなたはやさしいなあ
寝ているわたしを包みこみ
そっと語りあってくれて

しずかに降る雨よ
やがては降りやむだろう
そしたら真夏の太陽に
激しく照りつけられるのか

しずかに降る雨よ
いつか冬になったなら
あなたは粉雪になって
もっと静かに降るのだろう

しずかに降る雨よ
いつかわたしが死んだなら
いっしょに土の中深く
しみこんでいっておくれ

涼　風

パンツ一枚で座っていたら
涼風が
ひらりと背中をなでた

人をなぐさめて吹くのだね

渓流の歌声

森の中で渓流とたわむれる
川は急勾配を流れ下る

ざばざば　ごうごう
どぴどぴ　さざばしゃ

これを翻訳できまいか

それ下れ　やれ下れ
楽しいね　しあわせだね

そう歌っているようだ

一匹のセミ

九月の末
セミがたった一匹鳴く

しきりに鳴いているけれど
交尾する相手がいるのかい

あはは　これは自分のことだ

けやきの公園

今日もよく晴れて暖かい
エイッと起きて自転車で
けやきの公園についに来た

葉っぱは少し色づいている
間に合った

部屋で寝ているうちに
季節に追い越されなかった
芝生に寝転がると
秋の陽ざしが柔らかい
来れてよかった

病めるわたしの
こんなささやかなしあわせ

明日出発だ

去年から鬱でこもっていた
歩かずにいたら豚になるぞ
よし　ここから歩きだそう

新潟県糸魚川の日本海まで
少し歩いては電車で帰って
次は電車で行き続きを歩く

きっと美しい道のりになる
体も心も引き締まるだろう
明日さっそく出発だ
豚になんか絶対なるものか

２０１4年2月24日　長野県松本市

氷点下の風をきって

やっとのことで起きて
歩きに出かける

氷点下の風をきって
早足で歩く　早足で歩く
空は晴れあがり
山は雪雲の中だ

杖は折れたけれど

川の堤防で杖を拾った
塩の道は丘を越えて行く
杖にすがって登って下って
石ころの浜についに出た
やったー
杖のおかげで歩き通せたよ
海から上がろうとして
杖に力を入れたら折れた
海に流そう世話になったね

杖は折れたけれど
わたしは折れないぞ
この先も旅は限りなく続く

２０１４年４月１日　新潟県糸魚川市

うたうかめだ

うたうかめだ

ビクトル・ハラが歌う
「耕す者への祈り」に
聴きいって思う

ほんとうにつよい人はみな
あたたかくて　やさしい
だからこそ立ちあがった
いのちをかけて

わたしはつよくないけれど
あたたかく　やさしく
いのちをかけてうたおう

よわくても立ちあがろう
わたしは　うたうかめだ

言葉たちが踊る

言葉たちに励まされるよ

そう言われて気がついた
言葉というのは
いっぱいいて
活き活きしてるんだ

言葉たちがいのちの踊りを
ほら踊ってる踊ってる

光と闇

闇のなかから
ことばをさぐってくる

昔そう書いたけれど今は
光のなかから
ことばをさぐってくる

いや　待てよ

三日月がしだいに満月に
なっただけのことだろ
満月の裏側は暗闇だ

光と闇
どちらもあってまるい月

光をあびたことばを

はじめにことばがあった
ことばにいのちがあった
いのちが光をもたらした

うたおう
光をあびたことばを

清くないうたを

清く正しく美しくではない

清くなく
正しくなく
問題だらけ

だからこそ美しい

そのような生きかたを
そのようなうたを

蟻とキリギリス

わたしはキリギリス
うたうのが仕事

うたを聞いた蟻さんたちが
詩集を買ってくれるだろう

蟻さんたちと語りあって
蟻さんにむかってうたおう

黄色い汗

市電の運転手の父ちゃんと
バスの車掌の母ちゃんの
黒い汗で育てられたけれど

病床のわたしの汗は黄色い

黄色い汗で書いた詩を
赤い涙を流す人に捧げよう

自分の言葉で

スペイン語の美しさに酔い
ネルーダの詩を食べ過ぎた

感動するのは簡単だけど
自分の血と肉にするには
暮らしの中でこつこつと
言葉を培わねばならない

慣れ親しんだ日本語に
素直に立ち帰ろう

さあ自分の言葉でうたおう

詩が書けなかったのは

詩が書けなかったのは
感性が衰えはじめたか
いや感性は衰えたりしない
ぼんやりと平穏無事に
日々を送っているからだ
平穏無事などと言えるのは
平穏無事でない人たちと
共に生きていないからだろ
詩がどうのではなく
これは生きかたの問題だ

人とともに歩めば
詩はおのずと生まれてくる

歌の響きと息吹きを

ネパールの民謡を
日本語に訳す

わたしが笑って遊んだ丘よ
歌って踊った野原よ
すばらしく想う
いとおしく想う

正しい翻訳ではあるけれど
何かが違う
響きと息吹きとが違うのだ

もとの歌の素朴な響きと
優しさに満ちた息吹きとを
ネパール語を知らない人に
どうやって伝えようか
言葉の橋渡しは難しいなあ

書き言葉をひねくるよりも
わたしが歌って踊りだして
いっしょに踊ってもらおう
明るい月の光を浴びながら

この島国に

ここではよそ者として
夢見る精神病者として
生きるしかないのか

いとしい妹ラッシミがいる
ネパールよ　魂の根っこよ
旅の果てに帰り着いた村よ

懐かしい素朴な言葉で
ラッシミと際限なく語らい
やさしさをわかちあいたい

きな　まいれ
じゃぱんこ　ばーしゃま
かびた　れくちゅ?

ナゼ　ワタシハ
ニッポンノ　コトバデ
シヲ　カク?

日本語で語る役割りがある
この島国に腰をすえて
うたいながら生きてゆこう

けれど決して忘れまい
ネパールの言葉と土の香り
ラッシミに寄せる想いを

躁鬱のうみがめ

ヘルマン・ヘッセは言う
「人はカメのように
自己自身の中に完全に
もぐり込まねばならない」

鬱の内なる海底にもぐって
言葉の真珠を探り当てると
躁の波に押されて泳いで
陸で待つ人にサッと手渡す

かめは魚じゃないから
もぐりすぎたら窒息死する
昔はほんとうに危うかった
ひとりぼっちの海だった

でも今ではあなたが
浜辺のヤシの木の陰で
待っていてくれるから
楽しく深くもぐれるんだ

うみがめの独り言

思うようにならへん
いうことは
思わへんかったようになる
いうことや

今までもずっとそうやった
詩人になりたい思て
なったんとちゃう
知らんうちになってた

機織りも
いつのまにか教えてた

自分で作った理想にむけて
自分で努力して実現させる
そういう生きかたは
ようせん

うみがめは
自力で泳ぐんちゃうねん
潮の流れにゆだねて
はるばる海を渡っていく

(ようせん＝できない)

空とぶかめの独り言

空とぶかめは
人の心に着陸を繰り返して
不時着もしながら

低空飛行を楽しんでいる
飛行の意味とか目的とかは
無いままでいい

最終目的地を求めたのは
単独飛行が寂しかったから

寂しくてももう平気
飛んでいるとしあわせだ

楽しく飛び続けた末に
行方不明で終わるのがいい

うたとなる

祈るとき
叫ぶとき
あえぐとき

そしてきっと
死ぬときも

すべてはうたとなる

かめよ

静かにかめを思い浮かべる

人がいくら騒ごうと
時代がいかに移ろうと
あなたの沈黙は揺るがない

おお　かめよ神秘の存在よ

かめちゃんと名乗る自分の
言葉の多さを戒めよ

あなたのブッダを信じます

30年ほど前、わたしがまだ20代だったころ、ネパールのアクラン村のグルンという民族の「母ちゃん近代化グループ」に招かれて、村に3か月滞在させてもらった。

ポカラの町からインド国境に向かう道を1時間、峠でバスを降りて山道を2時間歩く。尾根の上からヒマーラヤの眺めがすばらしい。村は、その尾根の南側の、日当たりのいい斜面にある。米やヒエやトウモロコシを作り、水牛や鶏を飼っている。みかんが実る温暖な気候だ。電気は無い。水は、泉から下の家はパイプで引いているけれど、泉から上の家は、つぼに汲んで担ぎ上げねばならない。

村では現金収入が無いので、男性はほとんどが出稼ぎに行って、女性たちが村を守っている。

女性たちは夜に庭先に集まって、歌と踊りを披露する。出稼ぎから帰ってきた人が客になってカンパする。そうして集めたお金で、小学校や仏教のお寺を建てたり、山道に石畳を敷いたりしてきた。

わたしは、寺の境内の小屋に寝泊まりして、食事は家々を順にまわって食べさせてもらっていた。

近代化グループのミーティングは、いつもはグルン語でやるそうだが、グルン語のできないわたしが出席すると、ネパール語でやってくれる。

みんな車座になっているのに、戸口のところにポツンと一人、賢そうな美しい娘さんが遠慮がちにしゃがんで話を聴いている。どうして中に入らないの？とわたしが尋ねると、グルンの人たちが、彼女は不可触民なんだよと答えた。

その娘さんの名はラッシミという。わたしはラッシミとぐんぐん親しくなっていった。

グルンの人たちは、不可触民と食事を共にしない。同じ泉の水であっても、不可触民が汲んだ水は飲まない。

このことを知ったわたしは、グルンの学校の先生のあえて目の前で、きみの家で食事させてほしいとラッシミに頼んだ。ラッシミは、勇気をもって笑顔で応じてくれた。

噂はたちまち村じゅうに広まった。

グルンの人たちはわたしを説得にかかった。きみはグルンになったのだから、不可触民の家で食事をしてはならないと。わたしは言うことを聞かず、いついつの晩ごはんを食べさせてねと、ラッシミの家族と約束した。

グルンの人たちは、その約束の日にわたしがポカラへどうしても行かないといけない用事を作ってしまった。

悔しさをこらえてポカラへ行って、用を済ませたら夜だった。しかたなく宿に泊まることにする。けれど悲しさのあまり、宿の食事がまったく食べられない。

村へ戻ろう。

すぐ宿を出て、インド国境行の夜行バスに乗って、峠から夜道を歩いて帰って、小屋に閉じこもった。

ハンガーストライキなどという立派なことではない。悲しくて悲しくて、何も食べられなくなってしまっただけだ。グルンの人たちが心配して、みかんを持ってきてくれても、それも食べられない。

近代化グループのリーダーが尋ねた。どうするつもりなの？

わたしはぼそぼそと答えた。

あなたたちは仏教徒ですよね。

そうだよ。

ブッダは何て言いましたか？　すべての人は平等だと言いましたね。

うーん、そうだね。

あなたたちの心の中には、ブッダが住んでるでしょ。

そうだよ。

そのブッダが、食べに行かせてあげなさいと、いつか必ず言ってくださいます。あなたのブッダを信じて待ちます。

この話もたちまち村じゅうに伝わった。演説をぶったわけではないのに。

1週間後、リーダーが来て言った。食べに行きなさい。

ラッシミの家族は大喜びで、鶏をつぶしてごちそうしてくれた。

数千年来のカースト差別の壁は、こうして崩れた。

これ以来、わたしはラッシミの家族となって、今に至っている。

なんてことないよ——インドの旅

精神病院は聖地

ネパール国境からの列車は、9時間遅れてカルカッタに着いた。鈍行列車に乗り換え、さらにオンボロタクシーに乗って、ベンガル地方の美しい農村風景の中を走る。

日が暮れた。ライトをつけてよとわたしが言うと、運ちゃんは、コーイー・バート・ナヒーンと平然と答える。なんてことないよという意味だ。真っ暗闇の中をずいぶん走って、自動車修理屋の前でやっと停まって、ライトを直してもらう。

これくらいのことにはびくともしない、それがインド人だ。

もっと気にするべきたいせつなことが、ほかにある。

ガンガーのほとりの宿屋でタクシーを降りる。ガンガー・サーガルへ明日行こう。ガンガーとはガンジス河のこと。サーガルは海。ガンガーがベンガル湾に注ぐところがガンガー・サーガルだ。

翌朝、ガンガーを渡る船に乗る。川風がここちよい。河なのに、下流側にも上流側にも水平線が見える。対岸へ渡るのに30分かかった。そこからバスに乗り、ガンガー・サーガルにようやく着いた。

聖地と言っても、ごく普通の砂浜だ。沐浴して祈ろう。潮の流れがとても速いので、深く身を沈めるのは危険だ。浅いところで水とたわむれる。

ここはヒンドゥー教の聖地。けれど河も海も神さまも、あらゆる宗教のすべての人を受け容れてくれる。宗教の違いは、人間のエゴの産物に過ぎない。

祈りとは、内なる神の声を聴くことだ。どこにいてもできる。外国の聖地へこうしてわざわざ出かける必要などなかったのだ。

じつは今、精神病院のベッドで、昔の旅を思い出しながらこれを書いている。ここで祈るわたしにとって、精神病院は礼拝堂であり、遠いインドの聖地である。

マラリアは30円で治った

ビハール州の、乾燥しきった貧しい農村地域を歩く。車の通れない小道が地平線まで続いている。ミネラルウォーターなど、別世界の飲み物だ。道ばたの農家で井戸水を汲んでもらって飲む。

日暮れと競争で歩いて村にたどり着いたら、ヒンドゥー教のお坊さんが声をかけてくれた。

この村に宿屋は無いよ。でも、コーイー・バート・ナヒーン。うちの寺に来なさいな。礼拝に出席するなら、中で泊めてあげる。いやなら庭で寝なさい。

偶像を拝むのは絶対にいやだ。庭でごろ寝する。蚊が猛烈に襲いかかってくる。キリシタンを拷問する気か。

数日後、病気になった。井戸水のせいで肝炎にかかったか。それともほかの伝染病か。やっとのことで列車に乗って、国立病院に行く。

お医者は脈を診ただけで、マラリアとの診断を下す。あの夜、蚊にやられたせいだ。おびえるわたしに、コーイー・バート・ナヒーン、薬を飲めば簡単に治りますよと笑顔で言う。3日ほどでほんとうにケロリと治ってしまった。治療費はたったの30円。

しかし、このたったの30円が払えなくて死んでいく人が、インドには数多くいる。

超言語・超宗教列車

インドの旅の最終日。

パンジャーブ州からニューデリーに向かう列車に乗り合わせたのは、ヒンディー語を話すヒンドゥー教徒と、ウルドゥー語を話すイスラーム教徒と、パンジャービー語を話すスィク教徒、そして日本語を話すクリスチャンのわたしだ。

偶然出会ったばかりなのに、友だちのように仲よくおしゃべりを楽しむ。それぞれが持ってきた食べ物を、みんなで分けあって食べる。共通の言葉はヒンディー語。人の宗教の悪口は決して言わない。

ヒンドゥー教徒とイスラーム教徒が殺しあってきた歴史がインドにはある。過去の歴史だけではない。インドは今も、隣のイスラーム教国のパキスタンと、互いに核兵器を持ってにらみ合っている。

平和を実現する人々は幸いである、と聖書に書いてある。ヒンディー語の聖書には、平和という言葉に、違いを超えて一致するという意味あいの単語が使われている。

ヒンドゥー教の礼拝を拒否した自分のかたくなさが恥ずかしい。マラリアはその天罰かもしれない。

夜のニューデリー駅に到着した。人種も言語も宗教もカーストも、豊かさ貧しさもすべて異なる乗客たちが、てんでばらばらに散らばっていった。

そんな中でただ一人、さっきのヒンドゥー教徒のおじさんが、わたしを気遣って付いて来てくれる。そしてタクシーを呼び止め、空港までの料金を交渉して、わたしを乗り込ませると、コーイー・バート・ナヒーンと明るく言って、人混みに姿を消した。

恋　文

C Am Dm C
たいへいようの しおかぜのまちに
F C F C C7
すきなひとが すんでいるから
F G G F
はつゆきの みなみアルプスをこえ
G F F G7
こうようの おおいがわ げんりゅうをくだり
F C F C
たにそこ にわいた おんせん にはいり
C F C F
つりばしをわたり さんそんをすぎて とうげをいくつものぼってくだって
ゆっくり E7 Dm Dm Am A7
なのか めに うみにでた
F G C G F
このあしどりがわたしのこいぶみ
もとの速さで C Am Dm C
たいへいようの しおかぜのまちに
F C F F C C7
すきなひとが けっこん してすんでいる
F C F C
うみをみおろす みかんばたけで
F G C G7 C
そのひとのあかちゃんを だきあげた

花の道

G D C D
はこべのはなやたんぽぽのはながいく
Em D Em B7
つもーいくつもーみちにさいていてむら
G D B7 Em
からむらへひとからひとへあた
D G D G
たかなかぜといっしょにあるいていくー

静寂

Em B7 D Em
きりきりとーくいこんでくるような
Am G B7 C D C G
せいじゃくだーゆきのうえによこたわり
Am Em Am D
さむさとげっこうに
C D Em E7 B7 D G
だきしめられてーねむるー

木のとなりで

ざわざわと こずえはゆれる
ざわざわと こころもゆれる
そよそよと このははそよぐ
そよそよと こころもそよぐ
ゆっくり
すんなりと きはたっている
けれど わたしは ー

星　空

ほしの ひかりー の な か

おにぎり

ひとりであるいてきてつかれたあしをくさになげだしほし
あかりにそっとひかるおにぎりをいただきます
きりっきりっとおにぎりをにぎっておく
りだしてくださったあなたに
ことばのおにぎりをにぎっいはうた
いかけかたりかけあるいています
だからこそとぼとぼあるくこのみちがこ
んなにもあかるいのです

天　使

てんしのつばさをもっているあなたは
そらにはばたくことができません
くるしみだらけのちじょうにいたいという
いのりがてんにとどいたから－

月光の村

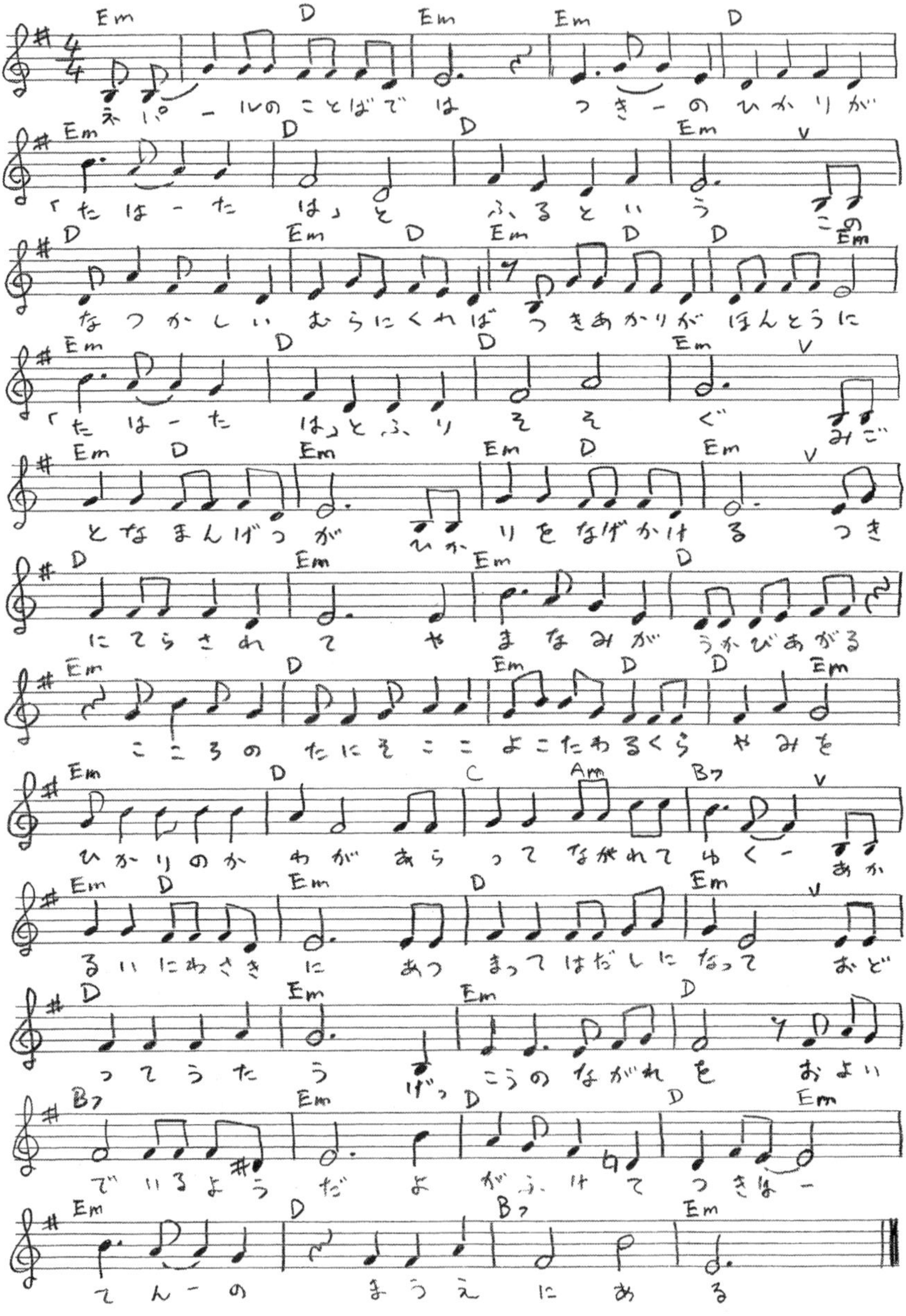
ネパールのことばでは　つきーのひかりが
「たはーたは」と　ふるという　この
なつかしいむらにくればつきあかりがほんとうに
「たはーたは」とふりそそぐ　みご
となまんげつがひかりをなげかける　つき
にてらされて　やまなみがうかびあがる
こころのたにそここよこたわるくらやみを
ひかりのかわがあらってながれてゆくー　あか
るいにわさきにあつまってはだしになって　おど
ってうたう　げっこうのながれを　およい
でいるようだ　よがふけて　つきなー
てんーの　まうえにある

川と夕暮れ

G C Em G C
かわも一 おおきいなあ
G C G C G D7
ゆうやけめ一 そらもおおきいなあ
G C G C D Em D Em
hm一一一 こんなあどけないことばをかわしながら
G C G D7 Em D Em D7
ていぼうに一 すわっている一
G C G D7 Em D7 G
そよかぜが一 ふいている一

かめ

A7 Dm Dm A7 A7 Dm
わたしはかめ
Dm A7 A7 Dm
わたしのうみはふかくてくらくて
Gm Dm A7 D
こわいけれど
D A7 A7 D
わたしはかめ
G D A7 D
わたしのいきているこのうみにもぐって
G D A7 D
やみのなかからことばをさぐってくる
A7 D

朝

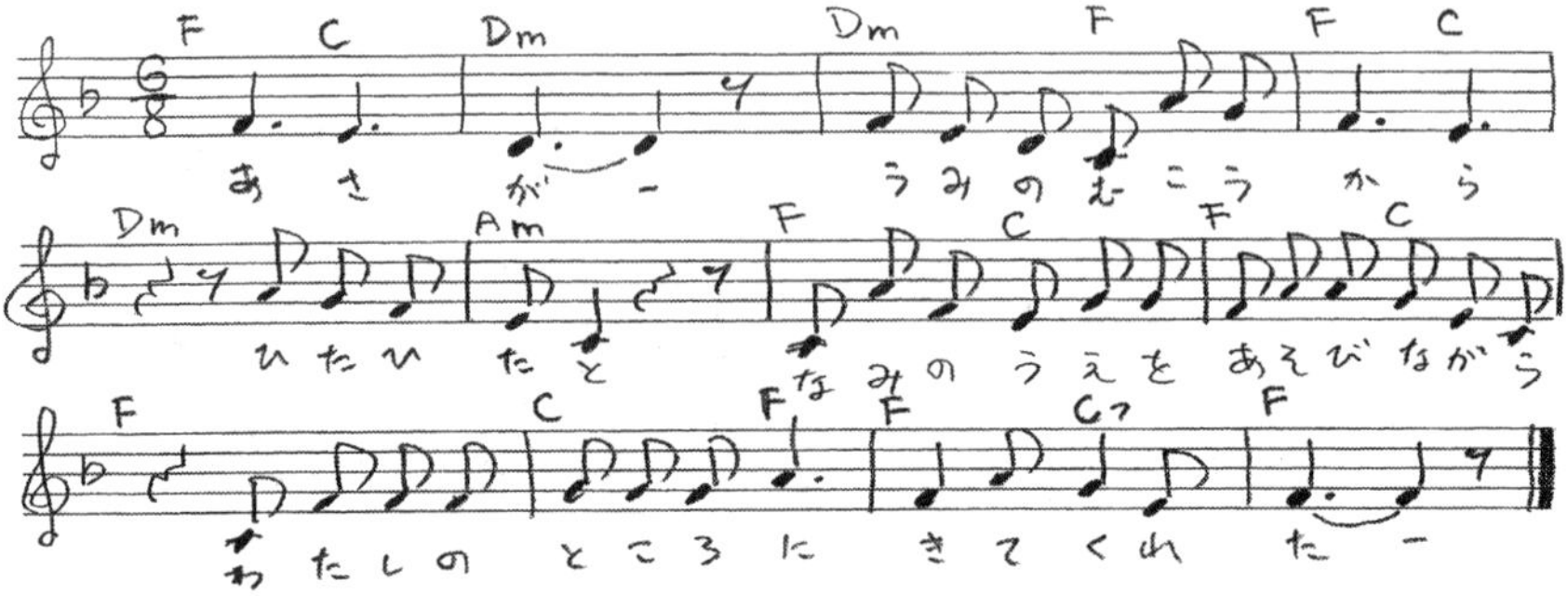

空とぶかめ

曲：Todos Juntos
（チリ民謡）

≪はじめに戻って「あなたにむかって」で終わる≫

青い海の底から届いた貝殻

寮　美千子

奈良市の旧市街ならまちの南のはずれに、わたしと夫だけの小さな事務所がある。そこに人が集まれるスペース「れんぞ」を作って、毎月、講師を呼んで勉強会を開いてきた。みんなが幸せに生きられる社会にするには、どうしたらいいか。それを考える会だ。渚に打ちあげられる小石や貝のように、思いもよらぬ方面から、さまざまな人がやってくる。

昨年九月、そこへのっそり上陸したのがかめちゃんだった。ネットで見て来たという。講演の後は、わたしの手作り料理での懇親会。みんなおしゃべりに夢中で大変な喧噪だ。気がつくと、かめちゃんがいない。待合室の床の上でゴロンと横になっていた。「だいじょうぶ？」と訊くと「脳の病気なので、音が大きいと苦しくなるんです。少し休ませてください」という。

徐々にお客が帰り、残っている人が両手の指ほどになった頃、かめちゃんは復活して再上陸。人が減ると交流が深まる。その日は、自然発生的に詩の朗読がはじまった。すると、かめちゃんが、カンボジアの兎と亀の話をしてくれた。その上、自作の「空とぶかめ」まで歌ってくれたのだ。よちよち歩きの幼な子が、歌うかめちゃんをじっと見つめていたのが忘れられない。

翌月の「れんぞ」にも、かめちゃんは来てくれた。懇親会で鞄から取りだしたのは、学級文集のような体裁の冊子。「ぼくの詩集です。もうないので、新作も入れて刷り直そうと思っているんです」という。もちろん自費だ。勿体ないと思った。せっかくだから、詩集として出版してくれる版元を探してみたらどうか、と提案すると、彼の目が輝いた。すぐに知り合いの版元に連絡を取り、かめちゃんの相談に乗ってほしいと頼んだ。

朗報が届いたのは、それからわずか十日後だった。出版が決定したのだ。こんなトントン拍子も珍しい。わたしもうれしかった。跋文を書かせてほしいと自ら頼んだ。

新年にゲラができあがってきて驚いた。想像していた「詩集」とはまるで違う。文字は丸ゴシック体、しかも二段組。訊けば、フォントも段組もかめちゃん自身の要望だという。

詩集を編むとは、選び抜いた作品を、意図を持って並べ、美しく配置することだ。しかし、これは違う。うーむ、このままでは跋文は書けないと悩み、かめちゃんを呼んで話を聞いてみた。かめちゃんは、自作のほぼ全てを収録した「全作品集」を作りたい、という。要するに全作品データベースだ。正直、玉石混淆だ。

しかし、わたしは考え直した。これは、かめちゃんの心と体の旅の軌跡だ。ならば、詩集ではなく漂流の記録として受け取ればいい。心に浮かんだのは、砂浜の景色。小さな小さな石が集まって、塚のように盛りあがっている。掌に掬ってよく見れば、灰色や茶色の石に混じって、半透明な瑪瑙やきらりと光る水晶の欠片、硝子や貝の破片、どこも欠けていない完璧な巻貝があったりする。かめちゃんの詩集は、それに似ている。ときどき、息を呑むように美しい言葉がある。それを見つけだしたときの喜び。小石の塚全体が、かめちゃんが過ごしてきた時の集積として、大きな存在感を放っている。そればかりではない。

「時の欠片」の集積として、大きな存在感を放っている。

フォントだけは、詩によりふさわしい明朝体に変えるよう進言させてもらった。

こんな本を作ったかめちゃんとはどんな人なのか。会ったばかりでよく知らないので、直接本人に聞いてみた。蛇足だが、読者も知りたいだろうと思うので、少しだけ書かせてもらう。

かめちゃんは一九六〇年兵庫県尼崎市生まれ。この四月には還暦を迎える。勤めたことのない根っからの自由人で、数えきれないほど旅をしてきた。高校生のときに、自転車で尼崎から宗谷岬まで、単独で自転車旅行をしたのが、最初の大旅行だった。

「知床の民宿に泊ったときに、テレビをつけたらピンク・レディーが流れてきて、こんな最果てまできて、ここはやっぱり日本か、だったら外国に行きたい、と思うようになったんです」

就職すると旅ができなくなるからと、受験をして信州大学の農学部に入学。だが、すぐに休学して農家でアルバイトに励み、貯めたお金でネパールへ向かった。

「陸路でインドからヨーロッパまで抜けて五カ月間放浪。当時は英語さえろくにできなくて、自分自身とばかり向きあっていました。精神状態もややこしくなってしまい、これではいかんな、こんどはインドへ行こう、それにはヒンディー語を勉強しなければ」

松本に戻り、カセットテープ付きの教材を入手。日本語を遮断するために山に入り、三カ月間のテント生活をして語学を習得。山から下りると、好きだった人に恋人ができていた。

「これがショックで十九歳頃から患っていた精神病が悪化。大学を中退して、病気のままインドへ。病気のせいでだれとも共感できず、すごくさみしい旅をして、三カ月ほどして戻ってくると、彼女がいよいよ学生結婚することになっていたんです」

さらにショックを受けたかめちゃんは、リュック一つを背負って日本を旅する。それも徒歩で。松本から青森の竜飛岬まで、ひたすら歩いた。

以来、旅をすることが、かめちゃんの日常になった。働いて、お金ができると旅に出る。住まいも度々変えた。いまは京都府在住。旅するように住み、住むように旅するかめちゃんだ。

「ヒッチハイクをした運転手さんに按摩をしてあげて、食べさせてもらったり、泊めてもらったり。測量のアルバイトをしたことも。いわゆるサラリーマンはしたことがありません」

そんな折、かめちゃんは「さをり織」に巡りあう。糸が一本抜けていてもいい、常識に捕らわれず、自由に織るというもの。「キズはキズではなく、織り手の個性」であり「布を織るのではなく、自分を織る」というこの織物に、かめちゃんは魅せられた。織機を手に入れ、やがて障害者施設でさをり織の講師をするまでになる。この本の扉はかめちゃんの作品。タイトルは「夜明け」。地平線から明けてくる景色を表現している。だから、空の高いところはまだ夜だ。

そんな自由人のかめちゃんも、結婚をしたことがあった。「新婚旅行はタイのハンセン病療養所。三カ月間、うさぎと二人でさをり織を教えに行きました。沖縄で、うさぎといっしょにさをり織の工房を持っていたこともあります」

残念ながら、二人は五年後、別々の道を歩むことになる。二〇〇〇年のことだった。この詩集には、その頃を描いた胸が痛くなるような、けれど心底やさしい詩もある。

詩を書き始めたのは、二十六歳。飯田市にある野外教育センターでボランティアをし、都会から来た子どもたちの世話をして「やっと人と心が通うような気がしたんです。そうしたら、突然言葉が降ってきた」。作曲は四十代前半から。中学で吹奏楽部に、高校ではギターを弾いていたため、楽譜の読み書きができる。いまはギタレレを使って作曲している。

生産性で人が評価される世の中、政府は「一億総活躍社会」を提唱する。そんななか、かめちゃんは悠々と泳いでいる。いや、本人は必死だ。しんどいことも多いだろう。それでも生きている喜びを素直に噛みしめながら、わたしたちにこんな言葉の欠片を届けてくれた。この詩集は、きっと多くの「生きづらさ」を抱えた人の心に響き、癒しと救いを与えてくれるだろう。これは、青く澄んだ心の海の底から、かめちゃんが拾い集めて届けてくれた贈り物。深い深い海の底を突き抜ければ、そこは青い空。最も個人的な心の真実が、無数の人の心につながっていく。

出版を快諾してくださった京阪奈情報教育出版株式会社の住田幸一さん、ボランティアで表紙の装丁をしてくれた夫・松永洋介、そしてかめちゃんを「れんぞ」という浜辺に連れてきてくれた見えない潮の流れに感謝します。一人でも多くの人に、この詩集が届きますように。

二〇二〇年三月一日

ならまち「れんぞ」にて

あとがき

うさぎとかめの競争の話で、ほんとうに負けたのはかめのほうだ。

かめは、速く走ろうと思ったとたん、かめであることのすばらしさを忘れてしまった。そして日なたぼっこをしたり、泳いだり、のんびり歩いたりする、かめらしいのどかな生きかたを捨ててしまったではないか。

その点うさぎは、ここちよく昼寝して、力のかぎり走って、競争には負けても、うさぎであることを失わなかった。「かめもがんばって、うさぎのように走りたまえ」なんて、そんなうさぎだけの立場から、開発や障害者問題を考えてはいけない。かめはせいいっぱい　かめらしく、うさぎもせいいっぱい　うさぎらしくしながら、おたがいに仲よく暮らしていけたらいいのに。

そんなことを言っていたら、カンボジアから来た人が、カンボジアのうさぎとかめの話をしてくれた。

……うさぎがかめに、おれよりも速く走らないと池の水を飲ませてやらないぞと言っておどかした。かめはしかたなく勝負を買って出た。池のまわりを一周するのだ。うさぎは走りながら、かめはどこだ？ とあざけって叫んだ。そしたら別のかめが、ここにいるぞ！ と前のほうで答えた。別のかめだと気がつかなくて、うさぎはうろたえた。走りながらもう一度、かめはどこだ？ と叫んだら、また前のほうで別のかめが、ここにいるぞ！ と答えた。うさぎがあわてふためいて池をひとまわりしてきたところ、最初のかめがもとのところで、わたしはここにいるぞ！ と言った。うさぎは降参して、かめは池の水を飲む権利を守ることができた…。

わたしはここにいるぞ！ そうなんだ。のろくても速くても、弱くても強くても、わたしらしくあれば、それがいちばんだ。

こんなわけで、わたしは自分のニックネームが大好きだ。しかし本物のかめが道路でひき殺されているのを見ると、のどかに生きようとすることは闘いなんだなあと思い知らされる。

それでもかめは絶滅しないで、のそのそ生きつづけるだろう。突き進む時代の流れにそぐわないうたを、そっとうたいつづけながら。

そして、かめであるわたしが動かなくても、この詩集をひらいてくださったかたのところへ、わたしのこころはさっと飛んでゆく。だからやっぱり「空とぶかめ」なんだ。

山をこえ　海をこえ　星をこえ
あなたにむかって

二〇二〇年　冬

三村　雅司

かめの脱皮

普通に話せたネパール語の
電話がぎこちなくなった
ああ　ネパールを卒業して
長かった青春が終わるんだ

脱皮するまえは
じいっとうずくまる

新しい旅が始まる予感に
いのちがうごめきだしたぞ
詩集を出版したその先に
何をめざし始めるのだろう

何か夢の小さなつぼみが
魂の底に隠れているのを
見つけだして育てていこう
還暦を迎える今この時から

春の光を浴びながら
病気の甲羅は付いたまま
それっ　皮を脱いだよ

二〇二〇年　立春

空とぶかめ 三村雅司全詩集

2020年4月15日 初版第1刷発行

著　者　三村 雅司

発　行　京阪奈情報教育出版株式会社
〒630-8325 奈良市西木辻町139-6
Tel 0742-94-4567　Fax 0742-24-2104

印　刷　共同プリント株式会社

ISBN978-4-87806-814-0 C0092

Special thanks

カバーAD　寮 美千子
カバーデザイン　松永 洋介